燃える氷華

斎堂琴湖
Saido Kotoko

光文社

燃える氷華《ひょうか》

装画　上野幸男
装幀　泉沢光雄

目次

プロローグ 5
第一章 11
第二章 44
第三章 110
第四章 138
第五章 206
第六章 246
エピローグ 281

プロローグ

拳が相手の顔にめり込んでいく。

腕から肩から体全体へ、順に重心を移動させる。頬骨にぶつかる感触があった。

はじめてにしては上出来だったと思う。なにしろ拳を食らった相手はその場に崩れおちたのだから。

でも仲間はみんな、やべえよと言いながら散り散りになっていった。

相手がお巡りの制服を着てたからだ。

けしかけたのはあいつらなのに。

だが俺は動けなかった。

右手に残る感触――それは、痛みだった。手も痛いが、違う。殴った瞬間の相手の顔を見て心に刻まれた痛みだ。

地面にぶつけたのか後頭部をさすりながら、けれど俺から視線を外さずに、立ちあがると俺の右腕を摑《つか》んだ。逃げられない。

「公務執行妨害と傷害の現行犯だ。交番まで来てもらおうか」

「俺は……どうなるんだよ」

「人を殴っておいて、どうなるもこうなるも」

お巡りは思わずといったように笑った。

一瞬、母親の顔が頭を掠《かす》めた。父親は物心ついたときにはもういなくて、ほとんど記憶にも残ってない。育ててくれた字の綺麗《きれい》な祖母は数年前に死んだ。

俺がどんなに荒れて学校をさぼっても、母親はなにも言わなかった。ただ黙って兄貴と俺の学費を稼ぐために、毎日夜の仕事に行っている。きつい香水をつけて濃い化粧をして。

俺が退学になったら、母親はあの仕事を辞めるだろうか。

「おまえな」ふいに、横から頭を小突かれた。「なんて顔してるんだよ」

「……どんな顔だよ」

「いいか。人を殴って気持よくなればいいが、そうじゃないならやめておけ。自分が痛いだけだから」

俺はなにか反論しようとして、でもなにも言えなかった。

拳よりもなによりも、心の奥が痛む。

わかってる。授業をさぼって繁華街を彷徨《さまよ》うのも、隠れて煙草《たばこ》を吸って酒を飲んで騒ぐのも、ただ――。

「……痛いのははじめて人を殴ったからだよ」

「はじめてだったのか。おまえすごいな、才能あるぞ。不良なんかやめてボクシングでも習ったらどうだ」

今度はいきなり頭を撫《な》でられた。とっさのことにあわててその手を払う。

「やめろよ、ガキじゃあるまいし」

「いや俺から見たら背がひょろひょろ高いだけでガキだけどね。いくつだ」

「一七八……」

「身長じゃなくて歳《とし》だよ」

「……十六」

「うちの坊主と同い歳だな。うちの坊主は口も達者だし頭の回転もいい優等生なんだ。勉強もそこそこできる。英語だけはちょっと苦手らしいけどな」

「なんの自慢だよ」

「でも、おまえみたいな主義主張はないんだよ」

「……俺はただ、ぐれてるだけだ」

「なにか誰かに言いたいことがあるんだろう」

なんで、このおっさんは。

——ただ拗《す》ねているだけだって。そんな仕事辞めろよって母親に言いたいだけだって。

「でもそういうのはちゃんと言葉にしないと駄目だな。無言でわかってもらおうなんてムシがよすぎる。いいか。伝えたい気持ほど、しっかり口に出さなきゃ駄目なんだ」

なんとなく。

父親のいない俺は、おっさんの息子が羨ましかった。父親がいたらこんな感じなんだろうか。

おっさんは俺が殴った左の頬を赤く腫らしていた。俺は苦笑して——自分でも思いもしなかった言葉を口に出した。

「ボクサーより……お巡りになるにはどうしたらいいんだよ」

おっさんはふと頬をくしゃりとさせるように笑い、いて、と左頬を押さえた。

「今日はいい天気だなあ」

おっさんが空を見あげる。俺もまた、同じように青い空を見た。

俺たちの白い息が、澄んだ遠くの青に溶けていった。

◆

今朝は久しぶりに青い空の夢を見た。

いつも見るのは、暗い雪の夜の夢なのに。

着ぐるみの中から現実の青い空を見あげる。

交通安全教室が終わると、小学生が容赦なく体に触ってくる。この時期、手袋を嵌《は》めた子供が多いのがせめてもの救いだ。汗でべたつく夏は目もあてられない。

たまに蹴りをかましてきたり急所を摑んでこようとする悪ガキもいるが、着ぐるみの顔は常に過剰に笑っていて、中でどんな表情をしていても気づかれない。

隼人《はやと》は子供たちに手を振ってテントの中へ戻り、ヒーターの前で着ぐるみを脱いだ。籠もった汗と、もともと着ぐるみについていた独特の臭いが一気に放出される。着ぐるみのマニュアルには十五分に一度脱ぐように指示されているが、実際の安全教室ではそんな短いスパンで脱ぐのは不可能だ。

真冬なので長袖のTシャツの上にヒーターのついた防寒ベストを着てみた。新しく買ったものだが、去年より段違いに温かくなった。

もとの服に着替えると、ふと煙草が吸いたいと思った。最近ときどきそう思うことがある。最後に吸ってからもう十七年。しばらくそんなこと、考えもしなかったのに。

第一、着ぐるみの着用者は臭いや受動喫煙への配慮もあって、非喫煙者に限られる。身長一七〇から一七五センチがこの着ぐるみに入る人間の適正身長で、一八〇の隼人は少し屈《かが》むしかなかった。ほかにちょうどいい身長の人間が大宮西《おおみやにし》署の交通課にはいない。

咽喉《のど》が渇いた。リュックからボトルを出し、中身をぐっと飲む。

「町岡《まちおか》さんていつもなに飲んでるんですか」

資料を片づけていた女性職員に訊《き》かれた。

「ただのお湯だよ」

「白湯《さゆ》ってやつですか」

「町岡さんは夏場でもお湯だよね」

ほかの職員も交ざってくる。隼人は苦笑した。

「体を冷やしたくないもので」

革のブルゾンを羽織った隼人が、足許《あしもと》でひしゃげている着ぐるみを持ちあげようと屈んだとき、胸ポケットからなにかが落ちた。

しまったと思ったときには遅かった。

チェーンの付け根に青い石のついた懐中時計が転がり、蓋が開いた。

いつもはクリップで上着の胸ポケットに留めているのだが、着替えた弾みで取れてしまったらしい。

古くて、少しの衝撃でも止まってしまう懐中時計。

拾いあげると、案の定、秒針が止まっていた。蓋の裏に書かれている三つの名前を見て、蓋を閉じる。

ほかの職員がヒーターを消す。一気に冷気がテントに広がった。

寒い。

でもあの雪の日よりは寒くない。

冷蔵庫よりは寒くない。

真冬の冷蔵庫は、電源が入っていなくても外気より寒いんだろうか。隼人は小さく身を震わせた。

第一章

「旦那様と奥様からの入学祝いですよ」

そう言って渡されたのは、金色の懐中時計だった。

多分、買ってきたのは両親どちらかの秘書だろう。でも両親が小学生になった自分のことを忘れていなかったと思って、とても嬉《うれ》しかった。

時計の記憶は、あの日からはじまっている。

かち　かち　かち。

規則正しい音を、聞いたこともない着信音が突然切りさいた。

普段使いのスマホよりも、もっとずっと高い音だった。

真っ赤なスマホは、きのう宅配便で届いた。

薄黄色の錠剤が入った小瓶と一緒に。

差出人は不明。


——殺せ。

ボイスチェンジャーを使った甲高い声が、脳味噌《みそ》に危険信号を送ってきた。

とっさにスピーカーモードにし、自分のスマホで録音ボタンを押す。

——殺さないと、おまえが殺される。

誰だ。

——十七年前のことを全部知っていた男がいる。〈あの子〉のことも、おまえのことも。

殺せ、と声の主はふたたび言った。

——わかるだろう。その男が誰なのか。

わかる。

もうどんな顔かたちだったか覚えていない。でもあのとき目が合ったことだけは覚えている。


背の高いスーツの男。


——おまえは〈あの男〉を殺す手段を持っている。

こいつはなんでも知っている?

——いいか。おまえのことをずっと見ていた。おまえのことならなんでも知っている。

ずっと見られていた。

いつから。

——おまえがやったことを、全部知っている。

なにを。すべてを。

——不思議に思っていたんだろう。なぜ死体が別の場所で見つかるのか。

そうだ、不思議だったんだ。

すべてを、見ていた。本当に。

——おまえにならできる。前の男たちは偽物だった。今度は〈本物〉だ。だからほかの連中と同じ殺し方じゃ駄目だ。おまえをずっと苦しめてきた本人だ。

ずっと。十七年。

——ずっと殺したかったんだろう。ずっと怯《おび》えていたんだろう。憎め、恨め。

憎んで。恨んで。

殺せ。


——殺せ。もっと派手に。痕跡も残さずに。

そんなことができるのか。

——できるはずだ。明日十四時、大宮駅東口ロータリーに相手は車を停《と》めている。黒いバンだ。

殺せ　殺せ　ころせ。

ずっと見ている。ずっと　ずっと。

ずっと昔から。

あの冬から。

あの雪の日から。

◆

早く刑事を辞めたいと思っていた。

寝不足の頭に早口が刺さる。

「だからぁ、お母さんのデイサービスに行く曜日、一日増やしたらどうかってケアマネさんから提案があったの」

舌足らずな喋《しゃべ》り方は子供のころからずっと同じ。二十歳を超えても、三十代になっても四十をとっくに過ぎても。

あたしもこんなふうに喋っていたら、人生なにか変わっただろうか。

「一日増やしたらその分お金がかかるって言うんでしょ。わかった、これからちょっとそっちに顔出すから」

「なんでそんなすぐお金がどうこう言うの」お金が足りないって話じゃなかったのか。それならなんで電話をかけてきたんだろう。「もういいよ、こっちでなんとかするから」

「だから今日行くって」

「あたしが用事あるの。今日はパート。そのあと夕食の買い物して、ついでに子供をバイト先に送っていくんだから。それからデイ行ってるお母さんの迎えをして夕食つくらなきゃいけないの。いくらお母さんが昼間いなくたって時間ないんだからねっ」

世界で一番自分が忙しいという顔をするのは、結婚して子供ができてからずっと変わらない。久しく顔も見ていない甥《おい》っ子はもう大学生で二十歳を過ぎたはず。バイトなんか自力で行かせたらいいのに、駅から遠くてバスもない戸建てなんて買うからそんなことになるんだ。

そう言ったら火に油を注ぐだろう。妹がなんとかすると言うなら黙っているのが一番だ。

寝ていたところに一方的に電話がかかってきて、怒濤《どとう》のように話を聞かされて、勝手に電話を切られて、吐きそうなレベルで疲れた。くるまっていた毛布からなかなか出られない。

軽い頭痛を感じるのは、妹の電話のせいか、その前に見ていた夢のせいか。

雪の中で寒いと泣きさけぶ声。あたしは助けられない。

ときどき見る悪夢。毛布一枚でこの真冬に寝ているからこんな夢を見るのか。いつか夜のうちにあたしは凍死するんじゃないだろうか。

死んでもいいという気持とまだ死ねないという気持が交錯する。ほかほかの羽毛布団でも買えばいいのか。無理だ。あたしは寒いところで寝ないといけない。これはあたし自身への罰だ。

タンクトップ一枚になにも羽織らずベッドを出て、水道水でプロテインを溶いて飲む。冬場は水が冷たい。

身を震わせながらシンクの横に積んである、結局食べないまま放置してしまった卵を生ごみの袋に放りこむ。冷蔵庫のない生活には慣れたが、こうして日常的に廃棄物が出る。ごみを選別しながら、壁に貼ってあるカレンダーを見る。今日は一月十九日だ。命日はもうすぐだった。

引きずっていた気持を振りきるように手早く着替えと財布やなにやらをリュックにまとめる。辞表も一緒に入れかえた。

そのリュックを背負ってジョギングに出る。そのまま近所のジムへと向かった。

ロッカーで懐中時計の蓋を開けて時間を確認しようとすると、なんと電池切れなのか針が止まっていた。チェーンに白いムーンストーンのついたシルバーのその時計は仕方なくロッカーに置き、トレーニングフロアへ出て筋トレマシンに陣取る。

チェストプレスの重りを調節し、呼吸を整える。最初の一セット、十回をこなしていると、隣に背の高い男が座った。

「五十キロで十回かぁ、えらい頑張っとるやないか」

「……おばさんだからね」

「自虐的やな。どした。誰かになんか言われたんか」

「裏でなんか言われてるんだろうなって思っただけ」

嘘《うそ》だ。

本当はきのう、同じ班の同僚の男が休憩室でコーヒーを飲みながら、おばさんは無理しないで自分たちに任せればいいのにってぼやいていたのを聞いた。

そいつの歓迎会で腕相撲をやって、あたしが勝ったのが気に食わなかったのか。以降ずっと妙に敵視されている。わかりやすくプライドを傷つけてしまったらしい。

ちらりと隣の男――宇月朋之《うづきともゆき》のマシンを見る。

「そういう宇月は七十キロ上げてるじゃない。見かけは細いのに」

「知っとるか。今は細マッチョって流行《はや》っとるらしいで。それに男と女じゃ体重も基礎体力も違う。上げられる重さが違うのはあたりまえや。まあ未希《みき》はこういう言い方は嫌いやろが」

「だいっきらい」

腕に力を込めたせいで、声にも力が入ってしまった。

宇月には腕相撲で敵《かな》わないかもしれない。でも、負けた奴《やつ》になんで言われなきゃならない。

宇月はにやりと嗤《わら》った。

「でも俺は、五十キロでこれだけトレーニングできるアラフィフの女性をほかに知らんけどな」

二セットめ。また十回こなす。さすがに息が上がる。

「アラフィフだからこのくらいこなせないとやっていけないのよ……」

「無理して喋らんでもええがな」

「……そのエセ関西弁もこんなときには苛《いら》つくったら。生まれも育ちも生粋《きっすい》の埼玉県民のくせに」

「そやったかな」

「あんた今、埼玉県民も敵にまわしたけど」

「そんなことあらへん。うまいうますぎる十万石《じゅうまんごく》まんじゅう」

埼玉県民なら百パーセント知っていると言われるテレビ埼玉の超有名CMコピーを口にする。宇月を相手にしているといつもこうだ。話が脱線する。

あたしは大きく息を吐いた。陰口ではなく、面と向かって言ってくる人間の話ならしてもいいか。

「エレベーター使ってると、五十歳過ぎると足腰弱るんですかって厭味《いやみ》言われるの」

「なんやねんそのエイハラ」

「エイハラ？」

「エイジハラスメント。最近はなんでもハラスメント言うやん。誰が未希にそんな命知らずな喧嘩《けんか》売っとるんや」

「隣の班の班長。四十五歳。女」

「なんと相手も女性やったか。四十五歳と五十一歳なんて微妙な差やなのにな」

「その微妙なところが女には大問題なのよ」

「で、負けとうなくて、未希もこうして鍛えてるわけか。その相手に感謝せんとな。お蔭《かげ》で未希が衰えなくて済んでるわけやから」

　ぷぷっと宇月が吹きだした。あたしは悔しくてまた一セットこなす。陰口を叩《たた》く男も面と向かって厭味を飛ばす女もあたしの敵だ。負けるもんか。

「ところでこのあと暇やろ。映画でも行かへんか。なんやタイムリープもののアニメが流行ってるそうやで」

「五十代の男女がアニメ観《み》るの……」

　いい加減喋らせるな。

「最近のアニメ馬鹿にしたらあかんよ。まあ未希がほかになんか観たい言うなら、恋愛ものでも冒険活劇でもＳＦでもなんでもええけど」

　タイムリープなんて現実には起こらない。昔になんて戻れない。時間は過去から未来へとただ流れていくだけだ。

　この寒い時期になるといつも思う。もしも、と。

もしもの分岐はたくさんあったのに、なぜ最悪の結末へ進んでしまったのだろう。

そして結末はいまさらけっして変わらない。

「あたしは映画なんてわからないからなんでもいいよ。でもその前に、大宮駅の西口に行きたいんだけど」

「ええけど、なんかあんの」

「時計の電池交換」

宇月は納得して頷《うなず》き、自分の腕時計を見る。最新型のスマートウォッチだ。

「例の時計か。じゃあ一時間したらこのジムの前で待ちあわせしようや。俺は車で来たから一緒に車で大宮行って、東口の駐車場に停めてから駅の構内通って西口に出ればええやろ」

「オッケー」

「それが終わったらまた車で新都心《しんとしん》まで戻って映画観ようや」

映画なんて久しぶりだ。今日ずっとへこんでいた気持が浮きたってくる。

それでもトレーニングは疎《おろそ》かにできない。別に隣の女班長に発破をかけられたとは思ってないけど、この歳ではトレーニングするかしないかが生死に関わることだってある。宇月も真剣な顔でトレーニングをはじめた。

あたしも何種類かのマシンで追いこみをかけ、最後に十分ほどトレッドミルで走り、シャワーを浴びて外へ出た。約束の時間にわずかに遅れてしまったのは、あらためて念入りに化粧をしたからだ。

旧知の間柄の宇月と出かけるくらいでなにを気にしてるんだと思わないこともないが、一応まだ女心の欠片《かけら》くらいは残ってる。

宇月は紺のトレンチコート姿だ。身長が一九〇あるので一緒に歩くとすれ違う人たちの目を惹《ひ》いた。

「今の女子高生たちが、宇月を見て、モデルかなって言ってたよ」

宇月は、んんと呟《つぶや》いた。

「俺じゃないやろ。未希のこと見てたんちゃうんか。背え高くて目立つんよ、未希は」

「え、あたし？　宇月でしょ」

そりゃあたしだって身長は一七〇あって、女にしては大柄だけど。

「まあええわ。美男美女ってことで」

「それ自分で言うんだ」

「言ったもん勝ちや。それより二人でプライベートで出かけるのは久しぶりやな」

「そうだね」

前に出かけたのはいつだっただろう。どこに行ったかも覚えていない。

「大概どっちかが仕事やし、非番で呼びだされることも多いさかいな」

「最近は暇なの？」

「んなわけあるかい。きのう越谷《こしがや》方面の強盗致傷事件が一段落したところや。未希のほうは」

「今日なにも起きなかったら、明日から大宮西署に応援かも」

「今日会えてラッキーやったな。あ、なんか飲むか。おごるで」

ジムの駐車場にある自販機の前で宇月が立ちどまった。

「ありがと。じゃあブラックのコーヒー。冷たいやつ」

「了解」

宇月は黒革のコインケースを取りだした。

「まだそのコインケース持ってるんだ」

「ああ。未希からもらったもんやしな。年季入っとるやろ」

「そりゃそうだわ。警察学校の卒業祝いにプレゼントしたんだもんね。もう何十年も前だけど」

「あいつと揃《そろ》いでな」

「そう。内側にあたしが英語で埼玉県警って刻印入れて――」この先はまずい。思いだして少し笑ってしまう。「でも、隼人はずいぶん前になくしたって言ってたな」

「俺と隼人は違うよ。それに、これでも一応遠慮してるんやで」

宇月が車の助手席のドアを開けてくれる。

「いまさら誰も不倫だなんて言わないと思うけど」

「それでも形式上は不倫になるさかい。上がうるさいからな」

「意外と気ぃ遣いよね」

「惚《ほ》れるやろ。二人きりのときは、俺のこと朋之さんて呼んでもええんやで」

「……やめとく」

「隼人も俺を宇月って呼んでるからか」

「それもある」

「隼人が下の名前で呼ぶのは未希だけやろ。堅物やからな。警察学校時代からそうやった」

隼人はたしかに性格だろうが、あたしはそうじゃない。呼び方を変えると同時に距離も変わりそうで、まだそのふんぎりがつかないだけだ。

助手席に座るとシートベルトを締めて、プルタブを引く。冷たいコーヒーが咽喉から体中に染みわたる。

宇月は運転席に座ると車を発進させた。ジムのあるさいたま新都心から大宮駅までは車なら十分ほどで到着する。ジムから大宮駅西口にまわると線路を跨《また》がねばならず遠まわりになってしまうので、東口に車を停めて、駅を歩いて突っ切ったほうがいいという宇月の判断は正しい。

「未希の時計、ねじ式やないんやな」

「忙しいとねじなんて巻いてられないから」

「それもそうか。でも時計の電池交換なんて、新都心でもやってるんちゃうか。ヨドバシカメラとか」

「そうだけど、古い時計だからいつも修理に出すお店でやってもらいたくて。もう昔っからね。大宮駅からも近いし」

「どこの店なんや」

「西口駅前の大宮そごうに入ってる〈時計工房《とけいこうぼう》〉っていう時計店」

「なんや、ほんまに駅前やんか」

「だからそう言ってるでしょ」

宇月は大宮にももちろん土地勘がある。車を降りると、あたしたちは東口ロータリーをぐるりとまわるようにして、駅に向かって歩いていった。

ロータリーにある時計台をふと眺める。針は午後二時ちょうどを示していた。

そのとき。

どん、となにか大きな音がした。

——爆発音？

ばらばらとなにかが降るような音が続く。

とっさに周囲を見まわした。みんな足を止めている。

次の瞬間。

「未希！」

宇月の声が消されるほどの爆音が空気を震わせた。

宇月があたしに覆いかぶさる。焦げた臭いがあたりに充満した。

「なに、宇月——爆発？」

「車が爆発したんや、あれ見ろ！」

宇月が指差したほうに視線を向ける。

ロータリーに停まっていた一台のバンが、大きく炎上していた。

大宮駅は埼玉県内最大の乗降者数を誇る駅で、ＪＲと東武《とうぶ》アーバンパークライン、それとニューシャトルが通っている。新幹線の停車駅でもあるが、一時は揃って運転を見合わせた。

もっともテロなどの犯行声明は出ていなかった。鉄道警察ともやりとりをして、電車はなんとか動きはじめたようだ。

けれど東口の現場は騒然としていた。西口はコンサートホールが入っているソニックシティなど大きなビルが建ちならんでいるが、東口は昔ながらの繁華街のイメージが強い。

騒然としている一番の理由は野次馬の多さだ。地元の商店街へ向かうほう、髙島屋などがある大通りへ向かうほう、すべてから丸見えのロータリー。ましてや鉄道の混乱で時間を持てあました人たちまで加わり、立入禁止のテープがあってよかったと心の底から思うレベル。テントとビニールシートで現場は覆われた。

「ほらほら、爆発で飛んだ指とかあるかもしれんから踏まんよう気ぃつけえや。スマホ向けてもええことないで。その代わり仏さんに祈ったげて」

宇月が声を上げながら人混みをかきわけて、あたしたちはテープの内側に辿《たど》りついた。

「デート中だったんですってね、蝶野《ちようの》さん」

先着していた曽根《そね》が、目が合うとわざわざ一言あたしに放りなげる。腕相撲で負かした後輩だ。

「デートじゃなくてジム帰りよ」

「やっと来たか」うちの上司——大宮署刑事課強行犯係第一班の班長——の大岸《おおぎし》もこちらに気がついた。「今まであっちのパトカーで事件発生時の状況聴かれてたんだろ」

「そうです。と言ってもたいしたものは目撃してませんけど」

言いながら空を仰ぎ見る。灰色の冬の空に、ヘリが何台も飛んでいた。

「ヘリの音がうるさくって仕方ないな。宇月、県警からマスコミにクレーム入れといてくれ」

宇月と大岸は同期だった。

「了解。大宮署が激怒してたって伝えとくわ」

「大宮署ってそこはあんまり強調しなくていいから」

「仲良しごっこしてないで、さっさと捜査進めてくださいよ。大岸班長」

きつい言葉を投げかけて傍《かたわ》らを通りすぎた女性捜査員が、すたすたとビニールシートの内側に入っていく。

「未希、今の誰」

宇月が訊いた。

「例の」

隣の班長、と言うまでもなく、宇月はああと頷いた。

「滝坂有砂《たきさかありさ》。あたしよりも六つ年下だけど階級は警部。あたしは警部補で一班の兵隊だけど、向こうは二班の司令塔」

宇月があたしの頭を小突く。

「自虐的に言うもんやない。兵隊が性にあってるから、県警への誘いもそれ以上の昇任も、班長任せるって言われても断ってるんやろ」

大岸から聞いているのか。この連絡網も侮れない。

「しかし意外と美人さんやな。ショートカット、俺の好みや」

宇月がこそっと耳打ちしてくる。あたしはじろりと睨《にら》みつけた。

「旦那も子供もいるわよ」

「安心せいや。未希かて髪短いから」

「あたしのはボブ。まあうちの署の刑事課の女であたしが一番年上だから、誰にとってもお局《つぼね》みたいでうざいのかもしれないけど。さてとくだらないこと言ってる暇あったら事件の話しないとね。大岸さん、どこまで聞いてますか」

「事件が起きたのは三十分前、十四時ちょうど。このロータリーに停まっていた車が爆発した。平日午後とは言え歩道を歩く人も車の交通量もかなり多い場所だが、怪我《けが》人は幸い掠り傷程度。あとは近くにいた車や、待ち行列のタクシーの車体に傷がついたレベルで済んだ。ラッキーだったな」

広々としたロータリーは今は半分ほど封鎖され、バス乗り場も従来の場所から移動されている。

あたしたちは靴カバーと手袋をつけると、ビニールシートで覆われたエリアに入っていった。

車の残骸らしいものが灰色の煤《すす》にまみれている。その周りに何人もの捜査員がいた。曽根も含むうちの班のメンバーと、滝坂班のメンバー、鑑識。それだけじゃない。

「目撃者の証言はあたしたち以外に複数上がってるんですよね」

「ああ。最初はまるでフグが破裂するみたいに車が膨れて爆発。一緒に釘《くぎ》が降ってきて、怪我人は大概がこのときのものだ。通行人から悲鳴が上がってすぐ、今度は車が火を噴いたそうだ。東口交番の警官が消火活動にあたってる。これはおまえらも協力したそうだな」

「それで犯人の目星はついたんですか」

「爆発の少し前に車から降りた人間がいたそうだが出頭してきてない。フードをかぶったマスク姿の男らしいという話だが、確証もない」

あたしはもう一度車を見た。

「もしかしてドライアイス――ですか」

宇月がえっと訊きかえしてきたが、大岸は頷いた。

「よく気づいたな。その可能性が高い」

「でなきゃ滝坂班まで来ている意味がわかりません。それに大宮署だけじゃなく、大宮西署の捜査員もいますよね」

「どういうことや」

ぴんと来ない顔の宇月に、大岸が手帳を見ながら説明する。

「隣の大宮西署に捜査本部が立ってるドライアイス連続殺人事件、わかるか。最初は十一月二十一日の火曜日に大宮西署管内で起きた通り魔と思われる殺人事件だった」

「ああ、あの――」

「被害者は佐藤《さとう》徹《とおる》、三十二歳、独身。遺体は荒川《あらかわ》沿いの公園で見つかった。公園の清掃員が発見したんだ。ごみ箱の中に折りたたまれるように入れられていて、上から茣蓙《ござ》をかぶせてあった。死因は二酸化炭素中毒で、体に凍傷の痕もあったことからドライアイス詰めにされて死亡したんじゃないかと言われている」

宇月が頷く。大岸はそのまま続けた。

「その約一か月後、十二月二十六日のこれも火曜日にうちの管内――北側の上尾《あげお》署との境界あたりでまた死体が見つかってる。中川聡太《なかがわそうた》、三十五歳。深夜に旧一七号の道路に毛布にくるまった状態で捨ててあって、危うく轢《ひ》きそうになった車からの通報で事件が発覚した」

「県警《ウチ》でも話題になっとるわ。俺は担当しとらんけど」

「二つの遺体は死因が同じだった。遺棄された場所は違うが、被害者はスタンガンで眠らされ、どこかでドライアイスを使って殺されている。まあ、二件目が模倣犯の可能性も残されているわけだが」

「と言うても、その可能性はほぼないんやろ」

「まあな。遺体の発見現場では共通するタイヤ痕なんかが出てきてないんだが、死因が同じだからほぼ同一犯の犯行と見做《みな》して捜査本部が立った」

「大宮署では、その事件は、あの滝坂警部率いる第二班が担当してるの」

「なるほど。ドライアイスはペットボトルや瓶に入れて密封すると膨張して爆発するから、それが今回の最初の爆発かもしれんいうことか。ドライアイスと一緒に釘を仕込んどけば、殺傷能力が高まるからな」

「そう。ですよね、大岸さん」

「ああ。まだドライアイス連続殺人事件と関わりがあるのかは捜査中だが――宇月、おまえのところの吾妻《あがつま》刑事部長には話を通してある。正式に通達が行くと思うが、今回の爆破事件は大宮署に捜査本部が立つぞ」

「了解。俺がここにいる以上、県警からはうちの班も参加するはずや」

「よろしく頼む」

「こっちこそ」そのとき誰かのスマホが鳴った。「俺や。ちょうどええ、県警からや。もしもし、宇月やけど」

あたしはあたりを見まわし、車の内部をタブレットで写真に撮っていた顔見知りの鑑識の瀬戸《せと》に気づいて近づいていった。まだ若い男性鑑識課員だが、これが肝が据わっていると評判だ。

「瀬戸くん、なにか出た？」

「蝶野さん」瀬戸は背筋を伸ばすように立ちあがり、眼鏡《めがね》を直した。「あんまり近づかないほうがいいですよ。遺体の破片がまだ散らばっています」

「遺体は粉々だったんだよね。爆発は二段階だったけど」

「ええ。一度目は釘と一緒に瓶に入れられたドライアイスの爆発。タイマーで仕掛けがしてあったみたいです。二度目はそこからガソリンに引火しての爆発。車もこんな状態ですよ」

ドアや天井は吹きとび、真っ黒に焦げついている。血の痕もわからない。遺体の肉片は別にシートを敷いてその上に集められていた。

「遺体の身許《みもと》を証明するものですけど」

「ちょっと待って」

振りかえると、気づいた面々が近づいてきた。大岸が途中で滝坂にも声をかける。

「鞄ごと吹きとびましたが運良く焼け残っていました。鞄の中のものはいくつか無事……とまでは行きませんが一部残っています。その中に名刺入れがありました。金属製だったので中身も取りだせました。曲がってますが、多分これが本人の名刺じゃないかと」

電話を終えた宇月もあたしの上から瀬戸の手許《てもと》を覗《のぞ》きこむ。

タブレットには名刺の写真が映しだされた。

黒い背広とネクタイ。丸っこい眼鏡をかけた中年男の顔写真の下に。

みかみセレモニー　三上秀明《みかみひであき》
それから住所と電話番号。さいたま市大宮区。

「……どこかで」

思わず、声が洩《も》れた。全員の視線があたしに向けられる。

「蝶野、知りあいか」

あたしは一度大岸を見て、またすぐ写真に視線を落とした。

隣の宇月がスマホでなにかを調べはじめる。

あたしはじっと、写真の男を見つめた。

「さいたま市のみかみセレモニーって葬儀社は、もともとこの辺一帯に支店を構えてるやさしセレモニーって葬儀社の子会社らしいわ」

宇月が言った。

「やさしセレモニー……」

閃《ひらめ》くものがあった。

遥希《はるき》の。

宇月が軽くあたしの背中を叩く。反射的に声が出た。

「息子の……葬儀を執りおこなった人、かもしれません」

一瞬大岸は目を細めた。隣の滝坂がすかさず言う。

「かもしれないってなんですか。誰ならはっきりわかりますか」

「あ……大宮西署、交通課の町岡隼人なら」

急いで大宮西署に電話をかける。交通課にまわしてもらうと、隼人は今日は交通安全教室で休日出勤をした代休だと言われた。私物のスマホで隼人のプライベートの番号を押そうとすると、画面を滝坂の手に押さえられる。

「顔見て話すべきじゃないですかってことです」

思わず滝坂を睨みつける。だが滝坂も負けじと睨みかえしてきた。

「北大宮の官舎だろ」大岸が言う。「ここからすぐ近くだ。行ってこい。瀬戸くん、蝶野に名刺データ送ってやって」

「は、はい。移動しているあいだに送っておきます」

「官舎なら俺が車で乗せてくわ。ほら、こっち」

言うが早いが宇月に腕を取られる。あたしはあわててその隣に並んだ。

「あのお姉さん、言い方きっついけど言ってることは至極もっともやな。結構聡《さと》いと見たわ」

「……たしかに。今はちょっと、見透かされた」

隼人と会うには心の準備がいる。

「とりあえずこれから行くって先に隼人にメッセージ入れとくわ。無駄足踏みたくないからな。未希が連絡するか」

「やっておいて」

宇月がまたあたしの頭を小突いてきた。あたしの頭を軽々しく小突ける男なんてそうはいない。

あたしは宇月の脇腹に、グーでパンチを叩きこんだ。


近くの大通りに出れば、北大宮の官舎までは道一本で行ける。宇月の車で十分ほどで到着した。

勝手知ったる建物の三階。階段を上ってインターホンを押す。

隼人は家にいた。けれどセーターを着て、髪も整えている。

「ごめん。出かけるところだった？」

「いや。急ぐ用事じゃないから」

「あがっていい？」

「ここは未希の家でもあるから。——珍しいな。宇月も一緒なんて」隼人も宇月とは同期だ。「二人で出かけていたのか」

「違う違う。あいにく事件の話や。色気もなんもあらへん。てなわけで、少し中に入れてもらうわ」

「事件の話？」

隼人は大きくドアを開ける。

「とりあえずお線香あげさせてもらうね」

あたしは宇月と並んで、遥希の仏壇にお線香をあげた。

「そういえば年末、お義母《かあ》さんからお歳暮が贈られてきたよ。どうもありがとう」

「あれは俺じゃなくて母さんが勝手にやってることだから」

「お義母さんは元気？」

「お蔭様で。ときどき電話でもかけてやって。あの人は未希のことが好きだから。そっちのお義母さんは」

「なんとかやってるみたい」

「それならいいが——お茶でも飲むか」

「温かい飲み物はいらない」

きっぱり言うと、隼人はあたしに目を留めた。あたしはスマホを取りだし、瀬戸から送られてきた三上秀明の名刺写真を隼人に見せた。

「事件の話をさせて。この顔と名前に心あたりはある？　遥希の葬儀を執りしきってくれた葬儀社だと思ったんだけど合ってるかな。当時はやさしセレモニーって社名だったらしいけど、あたしはよく覚えてなくて」

隼人はスマホを受けとり、じっとその画面を見つめた。

あたしは隼人の横顔を見つめる。

「間違いない。あのときの葬儀社はやさしセレモニー。担当は三上。この男だ」

「やっぱり」

「この男がどうかしたのか」

「宇月」

「大宮駅東口ロータリーで車の爆発事故が起きたんや。この男が被害者やった」

たしなめるが宇月は平然としていた。

「どうせニュースにもなっとるはずや。喋ったってかまへんがな。捜査本部も立つわけやし、大宮西署の交通課にも協力仰ぐかもしれん」

「そうだけど」

「三上さんがその爆発した車に乗ってたってことか」

「せや」

「死んだのか」

「粉々やった」

隼人は眉をひそめ、スマホを返してきた。

「事故、なのか」

「事件性が高い。隼人、〈あれ〉からこの人に会った？」

「一周忌も三回忌も十三回忌も手配してくれたのは三上さんだ」

「そうだったの」

だから記憶にあったのか。

あたしにとって、手配してくれたのはいつも隼人だったけれど。

「またなにか話を聴くかもしれないからそのときはよろしく。宇月、行こう」

「未希」うしろから声をかけられた。「遥希のことをまだ忘れられないのか」

「あたりまえじゃない」

「この事件から手を引け」

隼人を振りかえる。腕に鳥肌が立ちそうになったのは、けっして寒さのせいだけじゃない。

「隼人――この事件は〈あの事件〉と繋《つな》がると思うの」

「もう昔の事件だ。繋がらないだろう」

「だけど」

「言いたいことはわかる。でも未希はもう、遥希のことは忘れたほうがいい。この件には関わるな」

――俺は、遥希のことを忘れる。

昔、隼人はそう言った。それを聞いたあたしはこの家を出た。

「あたしは隼人とは違う。絶対に忘れない」

今度こそ踵《きびす》を返した。

忘れない。

隼人と会うと、いつも咽喉の奥でなにかが詰まる気がする。言いたいこと、本当の気持。苦しいのに、なんで滝坂も大岸もあたしたちを会わせようとするんだろう。

「未希。俺も隼人と同意見や。昔のことはもう忘れたほうがいいんちゃうか」

「なによ、エセ関西人」

あたしは一度足を止めて、追ってきた宇月の脇腹にまたパンチを打ちこんだ。

「忘れるわけがない。遥希は死んだの。あのとき誘拐された子供も見つかってない。〈あの事件〉はまだ解決してないの。あたしがいつか、犯人を捕まえる」

「それで県警への誘いも全部断って、後悔はないんか」

「ない」

「身内の捜査は警察では厳禁や。もし遥希の事件と繋がってるってわかったら、未希は捜査から外される」

「それでも」

宇月は苦笑を浮かべた。

「あーあ。それならせめて、隼人とはきちんと離婚せえへんか。俺は昔っから割りこむ隙を探してるんやから」

あたしもやっと笑う。

「おかしいな。あたしは結構隙だらけのつもりだけど」

「絶対嘘や。隙を突こうとすると、ガチのパンチが返ってくるやんか。普通グーで殴るか」

この件に関しては前科もあるので笑ってごまかす。あたしはもう一度宇月の車に乗りこんだ。

車から大岸に連絡をすると三上の自宅が判明したそうで、あたしたちもそちらへ向かうことになった。大宮公園近くのアパートは、大宮駅より北大宮の官舎からのほうが近い。

近くに住む大家に鍵を開けてもらう算段をつけているあいだに、大岸や曽根、ほかの捜査員も到着した。

中に入ると軽い臭気が鼻についた。生活臭だ。

入ってすぐのシンクは綺麗だが、口を開けたまま置かれている大きなごみ袋は、すすいでなさそうなカップ麺の容器でいっぱいになっている。地味に漂う生臭さはこれが原因だろう。見ただけでわかる。一人暮らしだ。

それと。

五十代単身住まいの男性の部屋がみんなこれほど足の踏み場もないのかと一括《ひとくく》りにしたら、宇月はなんて言うだろう。

敷きっぱなしの布団、脱ぎっぱなしの衣類、テレビの前のテーブルの上も周囲も紙ごみが散らかっていた。

「新聞――これ、競輪の専門紙ですよ。赤いマジックで書きこみもしてあります」

曽根が言った。

「競輪場、その辺にあったよな」

「はい、歩いて五分くらいですかね」

毎年正月には二百万の人出を誇る武蔵《むさし》一宮《いちのみや》氷川《ひかわ》神社と同じ大宮公園内に競輪場なんてあっていいんだろうかと、あたしはいつも思っていた。

曽根の手許を覗きこむと、わざとらしくよけられる。あたしはもっと近づいてやった。

宇月がくしゃくしゃになった紙を広げてみせる。

「借金の督促状や」

「いくらだ」

「百万」

「こっちには百五十万の督促状がありますよ」

別の捜査員が告げる。

「大岸さん、通帳も見つかりましたけど、全然記帳されてませんね」

「そっちは銀行に照会かけるか。今のところ金絡みの可能性が高そうだ」

あたしはもう一度部屋の中を見まわした。

毎年十二月に氷川神社で開催される十日市《とおかまち》で買ったのか、大きな熊手が箪笥《たんす》の上に飾ってあったが、ずいぶん古いものらしく色褪《あ》せていた。

今回の事件は大宮駅東口車輛《しゃりょう》爆破事件として大宮署に捜査本部が立った。編成は大宮署、埼玉県警、近隣の署の捜査員だ。

本部長は埼玉県警刑事部の吾妻、副本部長は大宮署長の湯浅《ゆあさ》と県警捜査一課長の若木《わかぎ》、捜査管理官には県警の青葉《あおば》理事官が着任することになった。

隣の大宮西署で捜査本部が立っているドライアイス連続殺人事件との関連も視野に入れ、今日はそちらの捜査員も何人か参加している。

もっとも初日の今夜は決起集会みたいなもので、まだたいした情報は出てこなかった。せいぜい被害者の身許の共有くらいのものだ。

それによると、三上秀明は五十八歳。身長一六七センチ程度で小太り。大宮区にあるみかみセレモニー代表取締役社長。七年前にやさしセレモニーから独立。独身で婚姻歴はなし。

趣味は競輪。昔は自分も競輪選手を目指して養成所に入所したが、脚の怪我で二十一歳のときに諦める。その代わりに賭けごととしての競輪にはまったと、金で揉《も》めて縁を切ったという弟が教えてくれたそうだ。それでも一応葬儀はその弟が仕切るらしい。

「――ところで、蝶野」

青葉管理官に名前を呼ばれて、考えごとをしていたあたしは我に返った。立ちあがる。

「はい、なんでしょう」

「おまえはこの件から外れろ」

「――は?」一瞬わけがわからなかった。「なぜですか」

「被害者とは顔見知りなんだろう。おまえを捜査に加えるわけにはいかない」

青葉は県警メンバーだが以前同じ所轄にいたこともあるので顔見知り、つまり〈あの事件〉のことも知っていた。

「待ってください、それとこれとが繫がってるなんて情報はなに一つ出てきてません。なんでこの状況であたしが外されなきゃならないんですか」

「念のためだ」

「どういう念のためですか。あたしは現にガイシャのことなんてなに一つ知らないんですよ」

「そんなに手柄立てたいんですか」

ぼそりと前の席に座る曽根が呟いた。あたしは思わずかっとなって青葉に食ってかかった。

「単に葬儀社として世話になってるだけです。この辺に住んでる捜査員だったら、ほかにも家族や親戚がみかみセレモニーに世話になってるかもしれませんよ」

「それには同意するなぁ」

手を挙げたのは、県警チームが固まっているあたりに座っている宇月だった。

「俺もあの葬式には出てるけどそれだけやし、今の時点で今回の事件と〈あの事件〉の繫がりは見えへんわけやし、蝶野さんを今外す大きな理由はないと思うで」

「宇月、だがな」

「わかった。俺が今回、蝶野さんとバディ組むわ。それで見張ってればええやろ。もし万が一、今回のガイシャがあの十七年前の事件と関わりがあるってわかったら、その時点で蝶野さんを外せばええ。せやろ」

「……まあ、そこまで言うなら——」青葉はほかの上層部の顔を見ながら、渋々頷いた。「ただし、本当になにか出てきたら、その時点ですぐに蝶野は外す。いいな」

こちらを見る。あたしは頷いて座った。素知らぬ顔で前の椅子を一度蹴る。

宇月に感謝したい気分だ。

今の時点で、もちろん本当に三上秀明が十七年前の〈あの事件〉と関わっていると思っているわけじゃない。でも、本当はなにか繋がってくれないだろうかと思っているあたしがいる。

もちろん、おくびにも出さないけど。

捜査会議が終わると、うしろに座る滝坂と目が合った。わざとらしくあくびをされる。

「うちの担当してるドライアイス連続殺人事件の捜査本部は増員要請を断られてほんと大変なんですからね。わたし何日まともに寝てないんだろう。蝶野さんにはこっちを外れてうちの本部に協力してほしい気分ですよ」

滝坂の言葉は聞こえなかったふりをする。あたしや滝坂の年代は、ただでさえ女性警察官が少なかった上に、結婚や子育てで現場を離れる。この歳まで勤務しているのは非常に稀《まれ》だ。

あたしは辞表を持ちあるいているが、滝坂は違うだろう。

滝坂は家庭もきちんと維持している、はずだ。内心すごいと思っているのだけど、こう喧嘩を売られてはそれを素直に表に出す気にはなれない。

「未希」

宇月が近づいてきた。

「宇月、さっきはありがとう」

「いや。俺もお蔭で未希と一緒に動けることになったさかい、一石二鳥や」

こっそりとそんなことを言う。あたしは吹きだした。

「さてと一旦家に帰って荷物取ってこんとな。今夜からしばらく男臭い中で寝泊まりすると思うと気が滅入《めい》るわ。未希は自分の家に帰るんやろ」

「うん。近いからね」

あたしが一人で住んでる小ぶりのマンションは、大宮署から徒歩十分ほどだ。

「ええなあ。俺もそっちに泊めて」

「冷蔵庫ないから駄目」

「それ関係ないやん。今冬場やし」

「ほら早く行きなさいよ。部下が見てるでしょ」

「はいはい。そしたらまたな」

宇月が手を振る。

今回の事件は、宇月がいてよかったと思うことがあるんじゃないか。そんな気がした。

◆

未希と宇月が帰ると、隼人は革のブルゾンを羽織った。ビジネスリュックを背負うが、中にはいつも持ちあるいている白湯入りのボトルと財布程度しか入っていない。

サングラスと帽子で寒さ対策というよりは、同僚に見つからないように対策をして外へ出る。

未希たちの姿はもうどこにもなかった。宇月の車だったのか。

そういえば宇月はなぜ関西弁を使っているんだろう。テレビをほとんど見ない隼人は、宇月の関西弁がどれだけ本物に近いのかわからないが、未希はよくエセ関西人と言っていた。

未希も含め、実家は三人とも埼玉県内。隼人は行田《ぎょうだ》、宇月は浦和《うらわ》、未希は川越《かわごえ》だった。隼人の大学と未希の短大はどちらも県内で、それが縁で学生時代に知りあったのだが、宇月とのつきあいは警察学校で一緒になってからだ。そのときにはもう、宇月の父親は亡くなっていたらしい。

宇月の父親は標準語を使っていたと隼人は記憶しているが、面倒見のいいところはさすが親子だ、よく似ている。

できればもう一度会いたかった。隼人の人生を変えた宇月の父親——あの警察官に。

大宮駅東口に辿りつくと、未希たちが言っていた現場はすぐにわかった。立入禁止のテープの周りは、テレビカメラやスマホを構えた野次馬でごった返している。人が死んだ現場なんて見たいものだろうか。

野次馬は特に若い人間が多い。きっと今頃SNSに画像が出まわっているんだろう。遥希も生きていたら二十五歳。こんなところに交じっていたんだろうか。

遥希のことを考えたのは、未希と会ったせいか。

奥のテントから出てきた捜査員の中に、隼人の同期・大岸の姿もあったが、未希や宇月は見えない。大宮西署の交通課勤務、しかも代休を取っている隼人は完全に部外者なので横目で通りすぎる。捜査本部が立てば隣の署の交通課にも人員要請が来る可能性はあるが、隼人がその手のものには参加を渋ることを上司の奥本《おくもと》はよく知っている。

駅のコンコースを通って西口駅前ロータリーの先にある大宮そごうに入った。〈時計工房〉という時計店に行くと、軽く咳《せき》をしていた若い店員に声をかける。

隼人がはじめて見る顔だ。サングラスの奥から、その名札に視線を向ける。

「時計の修理にときどき来るが、きみは見ない顔だね。最近入った店員さんかな」

「はい。うちの会社は定期的に異動があるんです。自分はこの十月から大宮店勤務になりました。よろしくお願いします」

「いらっしゃいませ。いつもごひいきにして頂いています」

顔馴染《なじ》みの店員が横から口を挟んだ。若い店員は奥へと戻る。隼人は時計を出した。

「時計、止まってしまったんですね」

「直るかな。いや、直してもらいたいんだが」

「いつもそうおっしゃいますね。とりあえず今回も修理代を見積もってご連絡する形でよろしいでしょうか。町岡様」

店員の慣れた対応に頷く。

隼人が伝票を記入するあいだに、店員が小さなビニール袋に時計を入れた。シルバーの懐中時計。未希と、遥希と揃いで持っていた時計。

未希はまだあの時計を持っているだろうか。そんなに高価な代物じゃない。とっくに壊れて捨ててしまったかもしれない。

遥希のことを絶対に忘れないと未希は言った。

隼人は、忘れてほしかった。

第二章

大宮駅東口ロータリーに立つ時計台。
その針がかちりと音をたてた、気がした。

実際に音が聞こえたわけじゃない。でも次の瞬間。
車が耐えかねたように爆発した。

通行人の悲鳴が広がる。近くの交番から警察官が飛びだしてきた。
そのとき、車はふたたび爆発して大きく火を噴いた。
やった――やった。

誰にも見られないように小さくガッツポーズをつくる。集まってくる人たちとは逆の方向へ歩く。
駅の中へ入りこんでしまえばわからない。

つくった〈時計〉は完成した。
これでもう悪い夢から覚める。

コートのポケットには赤いスマホが入っている。
電話の男の言ったとおりだった。時間どおりに停まっていた黒いバン。乗っていた男をすかさずスタンガンで眠らせ、車を爆発させた。
即席でつくった時限爆弾だったが想像以上の威力だった。

これでもう電話はかかってこない。
誰も殺さなくていい。
――のか。

冷蔵庫はもう必要ないのか。

本当に？

たくさんの時計の針の音が聞きたい。あの音を聞けば安心できる。
幻影の中の音を追いかけるように、足早に歩きだす。どんどん速くなる。

あそこだ。あそこに行けばたくさんの時計がある。

大きくなる不安を振りはらうように、足は時計に向かっていった。

「ちょい待って。今まわせるガチャだけやらせてよ。今日がイベント最終日なんだ」

なんの話かと思ったらスマホのゲームらしい。四十代と思われる男は黒いスーツの上着を脱いで、椅子に座ってスマホを触っていた。シャツの袖から金のブレスレットが見えるし、どうにも香水がきつい。葬式に金のアクセサリーも強すぎる香水もＮＧだと思うのだけど。

あたしと宇月は待っているあいだに、みかみセレモニーの事務所内を見まわした。

大宮駅方面からさいたま新都心へ向かう通りの途中にその小さな店舗はあった。よく通る道だったがこんな場所に葬儀社があるとはまったく気づかなかった。

表から入ると、売り物の仏壇がいくつも並んでいる。園田《そのだ》という事務員に案内されて、あたしたちは奥の事務所に連れていかれた。園田は長い髪の痩せた女で、化粧次第では化けそうだったがなにしろ顔色が悪くずっと目を伏せている。三十代半ばくらいだろうか。愛想笑いの一つもないのはここが葬儀社だからか。

事務所もそれほど広いわけじゃない。背の高いキャビネットにデスクが三つ、手前の小さな応接セットで満杯だ。

さらに奥には倉庫があると、お茶を出してくれた園田が言った。お茶に手をつける気はないあたしの前で、宇月は平然とそれを飲み、熱いと呟いた。

「お待たせ。しかし圧迫感すげえなあ。刑事さんたち、でかすぎでしょ。と言ってもそっちの女刑事さん、美人さんだけど」

男はゲームが終わったらしく、スマホを置いて立ちあがった。そういう男も見たところ一八〇を超える長身で肩幅もがっしりしているが、そこに宇月とあたしでは、狭い事務所にはたしかに圧迫感があった。

園田一人、一六〇程度の身長で影が薄い。

セクハラと紙一重の褒め言葉は無視して、あたしたちは男と園田に身上調書を書いてもらった。男があたしたちの正面に座り、名刺を出してくる。

男は藍崎裕二《あいざきゆうじ》。四十一歳。妻あり子なし。みかみセレモニー副社長。吊《つ》りあがったキツネ目が特徴的で、顔のパーツが全体的に大きい。

「まあ副社長と言っても、ご覧のとおりの弱小企業だけどね」

わははと笑う声も大きい。その横で園田がひっそりと書いた紙を受けとる。

園田ゆかり。三十歳。予想よりだいぶ若かった。同居家族はなし。

「三上さんが亡くなったことはお二人ともご存知ですか」

「きのう、ここ宛てにおたくら警察から電話が来たよ。うちの会社の所在確認と、社長は三上さんで間違いないかって確認のね。ニュースでやってた大宮駅前の爆発、あれだったんだってね。テレビにも三上さんの写真が出てた」

「それです。三上さんはあの時間、大宮駅前でなにをしていたんでしょう」

「それはわかんねえけど、お客様の家にドライアイス交換に行くって出てったよ」

「ドライアイス?」

「ご遺体を自宅で安置するときにはドライアイスを毎日交換するんだよ。ちょっと大きめのドライアイスを仏様の脇や首の下や腹の上に置いて布団をかぶせるんだ。うちが毎日届けに行ってる。裏の倉庫には大きめの冷凍庫があって、ドライアイスがたくさん保管してあるよ」

大きめの冷凍庫。厭な響きだ。

「……それは瓶に入っているわけじゃありませんよね」

「さすがに瓶はないな。密閉された容器にドライアイスを入れたら危険だってのは、ドライアイスを取り扱う業者のあいだじゃ常識だよ」

「こちらで扱っているのはどのような形なんですか」

「その辺の瓶になんか入らないよ。普通の保冷剤が大きくなったような四角い——このくらいかな」

藍崎は両手で四角をつくってみせた。小さめの氷枕くらいのサイズだ。

「ところで事件で釘が使われたんですが、ここに釘はありますか」

「釘ねえ。棺《ひつぎ》に釘打つから、あるにはある」

「念のためあとで見せてください。ドライアイスはどこかから買ってるんですか」

「うちは業者から卸してるけど、なんならドライアイス製造機ってのも市販されてるよ。一般人でも欲しけりゃ買えるさ」

この辺はゆうべの捜査会議でドライアイス連続殺人事件を担当している二班からもたらされた情報となんら齟齬《そご》はない。

「三上さんを恨んでいた人物に、心あたりはありませんか」

「借金返すの渋ったとかじゃねえの」

藍崎はためらいもなく答えた。

「三上さんの借金はかなりの額だったんですか」

家に届いていた督促状を思いだしながら訊く。

「まあね。ここにもときどき取りたての電話が来てたよ。最近めっきり増えてたから切羽詰まってたんじゃないの。あの人、ギャンブル大好きだったからさ。大宮の競輪場もよく通ってたな。俺は競輪なんてなにが楽しいのか全然わかんねえけどね。金は貯《た》めてこそいいと思うんだよな」

「話を変えますが、この事務所は、ほかに社員は」

「社員は三上さんと俺、事務の園田さんだけ。あとは一人学生バイトがいるよ。今日来る手筈《てはず》になってるから、そろそろ顔出すんじゃないかな」

「ずいぶん少ないですね」

「うちはもともと、三上さんがやさしセレモニーから独立してつくった会社で、やさしセレモニーの下請けなんだよ。葬式が発生すると、直接うちに連絡が来た案件でも、やさしセレモニーから下りてきた案件でも、打ちあわせと手配がうちの仕事で、実際の必要な物品はほとんどがやさしセレモニーから届くってわけ」

「それでまわるんですか」

「まわるね。葬式なんて所詮手配手配で、人だって全部違うところから派遣されてくるんだ。うちでやることは病院からの搬送と葬儀の打ちあわせ、葬儀までのご遺体保管とかね。あとは寺だったりセレモニーホールだったりに必要な人員や道具や弁当や返礼品が届けばなにも問題ないわけだ」

そうだっただろうか。遥希の葬儀からは時間が経《た》ちすぎて、もうなにも覚えていない。――ううん。

そもそもあの事件の直後だって、三上秀明の顔をはっきり覚えていたかと言われれば怪しい。葬儀の事務手続きは全部隼人がやってくれた。

「藍崎さんはなぜここで働いているんでしょうか」

「俺は出資したんだよ。副社長ってなってるけど、実質この会社、半分は俺のものってわけ」

「園田さんは」

「わたし、ですか」園田は驚いたように顔を上げた。けれどすぐに首を振る。「特に理由は……雇っていただけたので」

まあ、あるあるだ。

「園田さんみたいな線の細い人、三上さんの好みだったからね」

藍崎がつけ足す。

決め手は容姿なのだろうか。こういう小さな会社ではそれもまたよくある話なのかもしれないが、いい気はしなかった。

「バイトの方の連絡先を伺ってもよろしいでしょうか」

そう言ったとき、表のガラス戸が開く音がした。

店舗のほうから若い男が入ってくる。二十代前半。学生バイトか。

キャメルのダッフルコート。左肩に赤いリュックをかけている。痩せ気味だけど多分ほどよく筋肉がついていそうな姿勢の良さ。キャップを取ると明るい茶色の髪。最近の葬儀社は自由度が高いのか。

けれど印象的だったのは、なにより目を惹く顔立ちだったことだ。鼻筋が通っていて、特に睫毛《まつげ》が長くて目が大きい。どこかのアイドルと言われたら素直に信じてしまいそうな整った顔だ。綺麗な顔には男顔と女顔があるが、この場合は男顔。

男はあたしたちを見て、お客様ですかと訊いた。

「いや。そうじゃなくて——それよりハル。悪い。バイト今日までになっちまった。実はこの店、急だけど畳むことになってさ」

ハル。

一瞬男を凝視したあたしとは逆に、彼は視線を藍崎に移した。

「畳むってどうしたんですか」

「おまえきのう来なかったから知らないかもだけど、驚いたよ、三上のおっさん、殺されたんだってさ。だからギャンブルなんてやめとけって言ったのにな」

「まだギャンブルが原因で殺されたとは限らないんで、迂闊《うかつ》なことは口にせえへんほうがいいですよ」

宇月が藍崎をたしなめると、ハルと呼ばれた男はまたこちらを見た。

あたしは息を吸って立ちあがり、警察手帳を開いて見せる。

「大宮署の蝶野と言います。こちらは埼玉県警の宇月です。三上さんが殺された事件を担当しています。きのう、大宮駅東口で起きた車輌爆破事件をご存知ですか」

「そういえばニュースで見たような気がするけど——まさかそれ?」

「三上さんはその被害者です。失礼ですが、こちらにお名前と読みがな、生年月日と年齢、住所と電話番号を書いていただいてよろしいですか」

このタイミングで藍崎と園田は立ちあがり、自分のデスクへ戻った。代わりにハルがあたしたちの前に座る。

ハルはあたしたちを気にしながら、ぎこちない様子で紙に記入していった。笠北陽人《かさきたはると》、でハルらしい。二十一歳。さいたま市浦和区在住。

遥希は生きていたら二十五歳。遥希じゃない。

遥希は死んだ。

「ハル。今日までのバイト代、精算するからちょっと待ってて」

藍崎が奥から声をかけた。

「畳むって、本気なんですか」

思わず訊いた。

「三上さんがいなくなったらどうせ仕事来なくなるしさ。今ちょうど葬式がないからいいタイミングだろ。さっき三上さんの弟さんから連絡が来て、三上さんの葬儀は別の会社でやるって決まったんだ」

「でも藍崎さんと園田さんは――」

「俺はほかに店持ってるし」

「なんのお店ですか」

「飲み屋みたいなもんだよ」

「なのになんでここで働いてたんですか」

「人が労働してる分にはなんだっていいじゃん。ちゃんと税金だって納めてるわけだしさ。——園田さん、ハルのバイト代、この伝票で現金出してやって。少し色つけといたから」

藍崎はするりと話題を変えた。宇月とあたしは軽く目配せをする。藍崎の店、と頭に刻む。

「刑事さんたちももういいかな。俺これからやさしセレモニーに行って、三上さんのことを報告したりしなきゃならなくて忙しいんだよ。廃業の手続きとかどうすんのかな。園田さん、知ってる？」

「いえ」

園田が金庫から封筒に現金を入れながら答える。

潮時か。笠北から身上調書を受けとると、あたしたちは立ちあがった。

「園田さんは今後どうするんですか」

ふと園田ゆかりが顔を上げた。けれど無表情でまた視線を落とす。

「あたしは……どうでもいいんです」

どうでもいい。どうなってもいい、だろうか。

その投げやりな言葉が少し気になったが、宇月が藍崎に声をかけた。

「藍崎さん。最後に一つ聞かせてください。三上さんはどないな方やったんでしょうか」

「どないな——どんな、ねえ」考える間もなく、藍崎はにやにやと嗤った。「いろいろ好きな人でしたよ。ギャンブルとか。そうだなあ。女とか——ねえ、園田さん」

園田は答えない。けれどそれには構わず、藍崎は吹きだした。

「なんだろう。人を値踏みしてるみたいですごく厭な感じの男だったな」

店を出て大宮駅方面へ向かいながら、あたしは口を開いた。帰り際にもらった、ビニール袋に入った釘を眺める。

「未希はそういうの敏感やからな」

「宇月が意外と鈍感なのよ。普段はよく気がまわるくせに」

「そうか？」

「まあ値踏みされないタイプだから仕方ないけど。女なんて性別で値踏みされて容姿で値踏みされて、年齢で値踏みされるんだからね。背が高いだけましって学生時代、同級生に言われたことがあるけど」

「そのこころは」

「背が低いと女がマウント取ってきて、満員電車で女に絡まれる確率が上がるんだって。やけにぐいぐい押してきたり、あきらかにわざと足踏んできたりするらしい」

「こわ、なんやそれ」

「背が高いと男からは弾《はじ》かれるけどね」

「男かて背が高くていいことだらけってことはないんやで。俺なんて若いころはさんざ先輩刑事から、背が高すぎて尾行目立ちすぎるってどつかれまくったわ」

「背が高くても低くても、力があってもなくても辛《つら》いってことか」

「力はあったほうがええやろ」

し。

「どうだかね」

腕相撲に勝っただけで蔭でこそこそ言われるのはなんなんだか。ああ本当に根に持ってる、あた
男か女か、自分よりも大きいか小さいか、強いか弱いか、立場が上か下か、収入が多いか少ないか。比較するものはいくらでも転がっていて、とかくこの世は生きづらい。

「それに容姿は男だって関係あるやろし。なあ」

あたしは肩を落として、宇月につられるように背後を振りかえった。

「で、あんたはなんでついてきてるの。ハルくん」

背の高さは一七五そこそこで、まだ若くて、顔も綺麗で。

あまり生きづらさを感じなくて済みそうな笠北陽人がすぐうしろに立っていた。

キャップの下から笑顔を見せる。

「ただのハルでいいですよ。俺、来年大学卒業なんですけど、卒論で葬儀社潜入ルポを書こうと思ってたんです」

「へえ。学部なに」

「社会学部です。でもそれが駄目になったから」

「刑事の潜入ルポでも書くつもりなんか。近頃の若い奴はなにを考えてるんやろな」

宇月が呆《あき》れた声を出した。

「駄目ですか」

「あたりまえやろ」

ふうんと言いながら、それでもハルはあたしたちのあとをついてくる。とりあえずは放っておくことにした。どっちにしてもこの先は捜査じゃなくてプライベートだ。

「で、大宮署に背中を向けて、未希はどこに行くつもりなんや」

「大宮そごう。ついて来なくてもいいって言ったのについて来たのは宇月でしょ。行き先も知らないで酔狂よね」

「未希が行くならどこだってついてくわ」

宇月は昔からこんな調子だ。たしかに酔狂な男だった。隼人とは対照的だ。

それにしても人目を集めている気がする。

さっきの尾行云々《うんぬん》の話じゃないけど、あたしと宇月だけでもでかい二人連れで目を惹くらしいのに、ハルが交じると、すれ違う人全員と目が合っている気がする。

この三人はどんな関係だと思われているんだろう。

案外——親子に見えたりするんだろうか。

そんなことを考えて、少し自己嫌悪に陥った。

「どうしたんや、未希。苦虫嚙《か》みつぶして嚙みつくしたみたいな顔してるけど」

「苦虫まずいわ」

思いきり足を速めるが、あたしより脚の長い二人は難なくついてくるのがまた腹立たしい。

「あ、未希、ストップ。ちょい待ってくれ」

大宮駅の東と西をつなぐ駅のコンコースはいつも混雑しているイメージだ。宇月があたしを止めて、離れていった。

「おいこら、そこどないしたんや」

見れば通行人同士が口論をしていた。今にもお互い手が出そうだった二人は、いきなり割りこんできたでかい男が警察官と知り、おとなしくなる。

「宇月って仲裁うまいわよね」

「そうか。惚れてもええよ」

戻ってきた宇月はなんともない顔をしている。きのうも車輛爆破事件の現場でやんわり野次馬を注意してたっけ。

よく気がつくし気がまわる。こういうところは父親譲りなんだろうか。宇月の父親に会ったことはないが、昔、隼人から何度も同じ話を聞かされた。

「ハル。さっきの話の続きだけど、事件の詳細は人のプライバシーに関わるの。卒論のテーマに警察官を扱うのは勝手だけど、ある特定の事件だってわかる卒論を書くのはNGだからね。大学にクレーム入れるわよ。もちろんあんたの卒業だってぽしゃるからね」

「それはもちろんわかってますよ。俺は三上さんの事件をテーマにしたいってよりも、刑事さんたちの日常を知りたいだけだから」

「俺たちはパンダか」

宇月が少し悲しそうに言ったので、ハルと二人で笑ってしまった。

遥希が生きていたらこんな感じだったんだろうか。

遥希と隼人と三人で笑っていたんだろうか。

隼人のことを思うと、今でもまだ苦しい。多分あたしはまだ隼人が好きなんだ。遥希の一周忌のあとで刑事を辞めると言った隼人に怒って自分から家を出ていったくせに。

あのとき遥希を忘れると言った隼人は、本当に忘れられたんだろうか。

一方のあたしは、家を出た夜に書いた辞表を今でもずっと持ちあるいている。

西口ロータリーの歩道橋の先にあるデパート、大宮そごうにあたしたちは入っていった。エスカレーターを上がって時計店へ向かう。行きつけの〈時計工房〉は、新しい時計の販売はもちろん、古い時計の修理も行っている関東一円に店舗を構えるチェーン店だ。広い店内の壁一面には掛時計、ショーウインドウの中には腕時計や置き時計がずらりと並んでいる。

きのうしそこねた懐中時計の電池交換を頼んでいると、ハルが隣から物珍しそうに覗きこんできた。

「すごい年季の入った時計だね」

いつのまにかですます調でなくなっている。

「この石は未希さんの誕生石？」

しかも馴《な》れ馴れしい。時計とチェーンを繋ぐ白い石を指差す。

「そう。ムーンストーン」

「へえ。時計の蓋の裏に名前が入ってるんだ」

「古くなって読みづらくなってきてるけどね。時計屋さんにもよく時計自体を買い替えたほうがいいんじゃないかって勧められる」

伝票を書いていた馴染みの店員が苦笑する。軽く咳が聞こえて、見ると、向こうにもう一人若い店員がいて別の接客をしていた。

「三十分でできますので、そのころに取りにいらしてください」

「わかりました」

こんなでかいのが三人うろついていたら本当に売場の邪魔になるので、とりあえずその場を離れる。

「買い替えられないくらい高い時計なの？」

「そんなことはないな。買ったのは二十五年前だけど、当時一万円くらいだったから」

「意外と安物じゃん」

自分で思っていても人に言われると腹が立つ。じろりとハルを睨みつけ、空いているベンチに並んで座った。あたしが真ん中だ。

「ハル、あんたちょっと身分証明書見せなさいよ。マイナンバーカードか免許証か学生証」

「住所と電話番号ならさっき書いたじゃん。マイナンバーカードも免許証も持ってないし、学生証も今日は持ちあるいてないよ」

「一応確認しときたいのよ。パスポートは」

「未希、パスポートは普通持ちあるかないんやないか」

宇月が茶々を入れてくる。

「保険証」

「それも持ちあるいてない」

「クレカ」

「学生だからつくらない。現金主義だよ」

「時代はキャッシュレスなのに」

「うわ。未希さんて歳いくつ」

「五十一」

「そんな年上の人に言われるとショックだな。うちの母さんはスマホなんて電話かけるのと受けるのくらいしか使えないよ」

「それはあんたの母さんがアナログなの。今どきのアラフィフ舐《な》めんじゃないわよ。母さん、何歳」

「四十代」

あたしのほうが年上か。軽くへこむ。

「ふん、あんたの母さん、時代に乗りおくれてるんじゃないの。今どきはおばさんだってかなりキャッシュレスには詳しいんだからね」

「言っとくがおっさんだって詳しいで」

「その割に宇月は自販機で小銭使ってるわよね」

「ええやん。未希にもらったコインケース使いたいんや」

ハルはぷっと吹きだした。前を歩いていた女子高生の二人連れがこっちに気づき、ハルを見て互いにつつきあいながら通りすぎる。

「うちだって父さんはスマホ使えてるよ。スマホばっかり見てっていつも母さんに叱られてる」

あたしはさっきのハルの身上調書を取りだした。

「ハルって一人暮らしって書いてあるわよね。実家はどこなの」

「北大宮だよ」

「それであんたは浦和区住まい？　なんでこんな実家から近いのに一人暮らしなんかしてるのよ」

「そりゃ車だったら近いけど、北大宮は大宮駅でＪＲから東武線に乗りかえないといけないから、浦和のうちまでは三十分以上かかるんだよ。言うほど近くないから」

「だって」

「未希」宇月が完全に苦笑している。「若者にもいろんな事情があるんやで。未希にも時計を買い替えない事情があるのと一緒や」

「話わかるね、宇月さん」

「ハル、調子に乗らないの。宇月もなにわかったようなこと言ってんのよ」

「未希がおかんみたいなこと言うてるからや」

一瞬絶句したあたしの頭を、宇月が指の背で小突く。

「あの時計、隼人も同じの持ってるよなあ」

あたしはじろりと宇月を見た。案の定ハルが食いつく。

「隼人って誰」

「——うちの夫。もうずっと別居してるけどね」

「なにその事情。俺の家のことなんかよりそっちのほうがめっちゃ気になるんだけど」

「うるさいな。どうせ安物の時計だもの。隼人はきっともう持ってないわよ。絶対壊れてる」

あたしの時計が壊れてないほうが奇跡だ。

奇跡なんて、そう頻繁に起きるものじゃない。

その日はハルを帰し、あたしと宇月は車輛爆破事件の目撃者捜しで一日を終えた。車から降りたのはコートのフードをかぶって、マスクをつけた人間、というのは概《おおむ》ね一致しているものの、その背丈、年齢層、はては性別に至るまで目撃情報に幅が出ている。

捜査会議のあと、自分の班のメンバーと寝泊まりしている武道場に行く宇月を見おくって、あたしは一旦刑事課へ向かった。たまっていた書類仕事をいくつか片づけていると、私物のスマホが鳴る。

隼人、と表示されていた。

思わず席を立って廊下へ出ながら電話を取る。

「未希か。今大丈夫か」

「大丈夫。もう捜査会議も終わってあたしはいつ帰ってもいい状態。隼人こそどうしたの。電話なんて珍しい」

「未希は三上さんの事件の捜査本部に入ったんだよな」

「うん」

関わるなという隼人の言葉を思いだす。

「犯人はまだ見つからないのか」

「まだ。隼人は三上さんと親しかったの？」

「いや。でも遥希の件で昔すごく世話になったから」

「そう。なにかわかったら連絡する」

「ああ」

ふいに閃くものがあった。

「今日は土曜だから隼人は非番よね。よかったらこのあと……」言いかけて、やっぱり口を閉ざす。

「ううん。なんでもない」

「どうした。宇月は一緒じゃないのか」

「あ、うん。もう解散した。宇月は自分の班のメンバーもこっちに来てるしね」

「そうか。どこか行くならつきあうが」

あたしははっとした。思わず両手でスマホを摑みなおす。

「本当？　いいの？」

隼人の苦笑する声が聞こえてきた。

「未希が一人で行くのをためらうような場所なんだろ。それでも放っておくと一人で行きそうだからな。それで、どこに行きたいんだ」

「ありがとう。実は」

あたしは声をひそめた。


待ちあわせの場所に行くと、すでに隼人が立っていた。腕時計で時間を確認している。

隼人はもうあの懐中時計を使っていない。

奇跡なんて起きない。

あたしが立ちつくしていると、隼人がこちらに気づいた。近づいてくる。

「どうした」

「――別に」

「ならいい。行くんだろう」

あたしは頷いて、踵を返した。こんなところで意気消沈している場合じゃない。隼人が隣に並ぶ。

キツネ目の男、みかみセレモニー副社長の藍崎裕二が大宮の繁華街で〈藍《あい》ランド〉というキャバクラを経営しているという話は、さっきの捜査会議で上がったばかりだ。

あたしと宇月は、藍崎の店の話がなんとなく引っかかっていた。みかみセレモニーでは、藍崎は店のことにあまり触れられたくなさそうだったからだ。

三上秀明は借金が多かったが、藍崎の店はそれとは無関係のようだ。むしろ羽振りがいいらしい。

大宮駅東口を出て、件《くだん》の現場から北側にあたる昔ながらの繁華街に出る。細い路地にいくつもの食堂や飲み屋が軒を連ねていて、夜になると特に活気を増した。

「この辺はだいぶ老朽化しているな」

「そうね。どの店も火災には気をつけてると思うけど」

それでもここ数年、このあたりの火災が何度かニュースになっていた。一つの店から出火すると、上下階、隣近所への延焼は免れない。

「土地の権利問題が入りくんでいるところもあるしな。簡単に建てかえろと指導できるものでもないから、消防も頭が痛いだろう」

隼人も大宮署にいたことがある。もともとさいたま市大宮区の犯罪発生率は、県内で一、二を争う。その中でもこの界隈はなにかしらトラブルが多い印象だが。

「隼人、まるでパトロールしてるみたいよ」

思わず笑ってしまった。隼人は軽く咳ばらいをする。

「夜にこの辺を歩くことなんて、最近は滅多にないからな」

一緒にどこかへ出かけるのも、別居して以来はじめてだ。昔はこれがあたりまえだったのに。

遥希がいたころの隼人は素直にいいパパだった。あたしが大宮西署の地域課、隼人が浦和署の生活安全課にいたので、なにも事件がなければ休暇をあわせていつもどこかへ出かけていた。近くの大宮公園でキャッチボールなんかが定番だった。

その後、隼人が大宮署の刑事課に異動になったあと、遥希の事件が起きた。

隼人はやがて異動願を出し、遥希の一周忌のころに浦和署の交通課に移る。しばらくして大宮西署の交通課に異動。あたしは逆に刑事になりたいと言って、浦和西署の刑事課盗犯係を経て、大宮署で強行犯係になった。

警察は身内が関係する犯罪を捜査できない。きのうあたしが捜査から外されかかったみたいに、たとえ遥希の事件に関わるなにかが判明しても、あたしは捜査に参加できない。

そんなのわかってる。それでも、少しでもなにかを摑みたかった。そのためにあたしは大宮署にいる。

刑事を辞めたいと言った隼人。刑事になりたいと言ったあたし。一緒に暮らせなくて当然だ。

藍ランドはほかの店と同様に古びた建物——開店して十二年だと言うが、それ以前は別の店だったんだろう——に、妙に地味な紫の看板の店だった。

隼人がドアを開けて、あたしがうしろから続く。薄暗い店内にはジャズが流れていた。

「いらっしゃい。あら、はじめてのお客様かしら」

「ああ。席はあるかな」

近づいてきたのは和服姿の、けれどまだ三十代中頃の意外と若い女だった。小柄だが和服に慣れた立ち居振る舞いのせいか、妙な貫禄《かんろく》がある。

店のオーナーは藍崎裕二、ママは妻の藍崎瑠衣《るい》。夫婦は顔が似ると言うが、濃い顔だちの藍崎と瑠衣も、なんとなく雰囲気が似ていた。

あたしと隼人は似ていない、と思う。多分。もう別居して長いこともある。それでも夫婦に見えるだろうか。

「どうします。女の子つけてもいい？」

瑠衣はあたしを見ながら訊いた。

「ここはそういうお店でしょ。でも女も入店オッケーですよね」

「ええ。歓迎しますよ」

「じゃあつけてください。あたしはこういうお店自体はじめてなので興味があって」

瑠衣の目があたしを上から下まで眺める。同年代の中ならイケてるほうだと思うけど、この手の店で働くようなお嬢さんたちと較《くら》べられるとさすがに自信喪失だ。

席はあたしたちが入ってすべて埋まった。意外と混んでいる。効きすぎと思うくらいの暖房の中、薄くて露出の多いドレスを着たアヤという女の子があたしたちの席についた。アヤは二十代だと思うが、ほかには三十代くらいの女の子――子？――もいる。

「女の子の年齢層が広めなのね」

一応仕事を兼ねているのであたしは烏龍茶《ウーロン》だったけれど、二人とも飲まないのはおかしいので、隼人は水割りをつくってもらう。

「最年長は四十代よ」

さすがに五十代はいなかったか。

「へえ。女の子、結構多いのね」

「一日おきくらいのローテーションで出勤だから、お店の広さと較べると多いかな。ていうか、旦那さん、全然喋らないのね」

とりあえず夫婦には見えるらしい。隼人は薄く笑って水割りを飲んだ。

「うちは妻に任せたほうが何事もうまくいくんだ。こういうところの対応もね」

「あるある、そういうお宅」

「この人、口数少ないでしょ」あたしも話に乗ることにした。「だからときどき飽きちゃって、こうしてお酒を飲みに外に出るの。でも向かいあって飲むだけじゃ結局あたし一人喋って家と変わらないから、こういうお店のほうがいいかなって」

「旦那さんがいるだけいいよ。ここで働いてるのはほとんどがシングルマザーだもん。お客さんのところはお子さんは」

「うちはいないの。夫婦二人暮らし」

「そうなんだ」

「シングルマザーって大変でしょう」

「ほんっと大変。でもうちのオーナーはそういう人を率先して雇ってるの。近くの夜間保育所も使わせてくれてる」

「へえ。いいオーナーね」

「うん、まあ」

アヤが少し笑う。それになにか含みを感じた。

「オーナーって藍崎さんて人だっけ」

「お客さん、藍崎のお知りあいですか」

アヤのうしろからママが声をかけてきた。藍崎瑠衣。

アヤを詰めさせて自分も端に座ると、瑠衣はあたしのグラスに烏龍茶を注《つ》ぎたしてくれた。和服の袖から白い腕が見える。

「知りあいじゃないですけど、藍崎さんは葬儀屋さんで働いていますよね。あたし、以前ちょっとみかみセレモニーで三上さんにお世話になって」

「へえ……?」

瑠衣はさっきとは違う目で、またあたしを上から下まで眺めた。

「三上さんが亡くなったってニュースで見て驚いて。一緒に働いていた藍崎さんがこの辺でお店やってるって言ってたから、じゃあ行ってみようかって話になったんです」

「ああ、三上さん――そうらしいですね。わたしも藍崎から聞きました」

「事件が起きたのはすぐそこの駅ロータリーですよね」

「みたいですね」

「三上さんもこのお店にはよく来たんですか」

「たまには」

あたしは店の中を見まわした。

「三上さんの話を聞きたいな。三上さんと親しかったお店の子っていないんですか」

「三上さんにはやっぱりユカちゃんかな」

「アヤちゃん」

アヤを、瑠衣が軽くたしなめる。アヤは小さく舌を出した。

「ユカちゃんというのは」

瑠衣は一拍おいて答えた。

「今日は来てないけど、みかみセレモニーで事務員やってる子ですよ」

園田ゆかりか。

「彼女もここで働いているんですか」

こういう店で客相手に笑顔をつくっている姿はまったく思いうかばないが。

「三上さんの紹介でね。アヤちゃんも三上さんの紹介じゃなかったかしら」

「そうですよぉ」アヤは一人のときより甘えたような喋り方になる。「夫が事故で死んで、小さな子供一人抱えて途方に暮れてたら、お葬式やってくれた三上さんが仕事紹介できるって。ただ」

「うちはシングルマザーの受け入れ先なんですよ」

アヤの言葉を遮るように瑠衣が言った。なにも気づかないふりをする。

「そっか。じゃああたしが働きたいって言っても無理ですね。そもそも年齢制限に引っかかるか」

「いいえ。奥さんお綺麗ですから歓迎しますよ。熟女好きのお客様も多いんです」

「そうなんですか。どうしようかな」

笑いながら話していると、珍しく隼人に腕を突かれた。

「あら、ご主人が妬《や》いてらっしゃる」

そんなわけがあるか。ただ調子に乗るなと言いたいのだろう。

別居して十六年。籍を抜いていないとは言え、隼人が別の女に心変わりしても文句は言えない時間が経った。

結局一時間半ほど店にいたが、そのあいだずっとあたしたちの席には瑠衣がついていた。もう少しアヤに話を聞きたかったのだが、アヤは途中で別の客の担当になり、店の女の子の半分ほどがいつのまにか入店したときとは別の顔ぶれになっていた。一人の勤務時間が短いんだろうか。

「料金は高くもなく安くもなく、だな」

路地を出たところにある商店街に、ちょうど喫茶店があった。窓際なら路地が見とおせる。藍ランドを出たあたしたちは今度はあきらかに相場より高いと思われる飲み物を頼んでいた。隼人はホットコーヒーであたしはアイスコーヒー。

「ああいう店の料金相場がわかるの、隼人」

「たまにつきあいで連れていかれるからな。未希だって相場感くらいわかるだろう」

しかめっ面《つら》で言われて、軽く吹きだす。

ちょうどコーヒーが運ばれてきた。

「ここのコーヒーはあたしがおごる。今日つきあってくれたお礼。ありがとう」

「気にしなくていいんだが」

離れているあいだに好みが変わることもない。隼人もあたしもブラックのまま。

「寒くないか」

隼人があたしのアイスコーヒーを見ながら言った。

「寒いよ。でも寒くていいの。温かい飲み物は飲まない。願かけてるから」

隼人は無言で目を伏せた。自分のコーヒーを見つめ、口をつける。

コーヒーの温度差が、あたしたちのあいだに存在する溝なんだろう。

あたしは話を変えた。

「さっき聞いたばかりなんだけど、三上の口座に、藍崎からときどき振込があったらしいの。十万円。察するに、あれは女の子の紹介料ね。本部に確認取ってもらわなきゃ」

「俺に捜査情報喋っていいのか」

「きのうも喋ったし、いいと思うけど——」

会話が途切れる。二人でいるのは久しぶりで、仕事のこと以外なにを話せばいいのかわからなくなる。

本当に話したいことから目をそむけているせいだ。

「ねえ。遥希の葬儀のとき、やさしセレモニーから派遣されてきたのは三上一人だった?」

「ああ。担当として名刺を渡されたのは三上だけだった。少なくとも藍崎という男はいなかったな」

「藍崎はみかみセレモニーをつくるときに出資したらしいから、そのときからの社員なんだと思う。みかみセレモニーは七年前に設立してる」

「そうか。――三上はあのとき、病院から紹介された葬儀社の担当者としてうちに来た。うちの母と未希の両親が来てくれて、俺は捜査に戻ったが、三上は一晩中うちにいて今後のことを相談していったはずだ。司法解剖から戻ってきた遥希の遺体を、告別式までの数日間うちで保管していただろう。毎日ドライアイス交換に来てくれたのも三上だった」

「よく覚えてる」

思わず苦笑した。あたしが覚えているのは棺の小窓から覗く遥希の白い顔と、焼きあがった白い骨。背景は全部黒く塗りつぶされていて、あのとき周囲でなにが起きていたのかまったく記憶にない。

「未希。うちの冷蔵庫はそろそろパッキンが弱ってきて買い替えどきなんだが」

突然隼人が言った。

北大宮の官舎にあるのは、結婚したときに二人で選んだ冷蔵庫。ずいぶん長持ちしたと思う。

「冷蔵庫なんてなくても生きていけるよ」

「今でも未希の家には冷蔵庫がないのか」

「ない。それでもあたしは生きてる」

「そうか――ところで」窓の外を眺めた隼人の声がふと低くなった。「あの男は知りあいか」

隼人の視線を追いかける。

キャップの下から覗く明るい色の髪。キャメルのダッフルコート姿の若い男が歩道に立ちどまってこちらを見ていた。

「ハル」

目が合うと、ハルはにっこりと笑って店に入ってきた。あたしたちのテーブルの真横に立つ。

「やっぱり未希さんだ」

「なにしてるの」

「藍崎さんの店を見に来たんだよ。ただ俺一人じゃ入りづらいし、料金ぼったくられても困るなあと思ってたら、ここに未希さんが見えたんだ。三上さんの事件の捜査中？　今日の相棒は宇月さんじゃないんだね。ただのデートかな」

「デートなんかじゃないわよ」

「未希、誰だ」

隼人が警戒した声を出したので、あたしはあわてた。

「みかみセレモニーでアルバイトしていた笠北陽人くん、だったわよね、本名」

「合ってる。さすが刑事さん」

「しっ」とりあえず黙らせて、隣の椅子を示した。「とにかく座りなさい。あんた目立つんだから」

ハルはあたしの隣に腰かけた。注文を取りに来たウェイトレスがハルの顔をちらちら見ている。

隼人は事件関係者かと呟いたきり、それ以上はなにも突っこんでこなかった。民間人を捜査に連れまわしているようで怒られるかとも思ったけど、それについてもなにも言わない。

隼人は刑事じゃないし、捜査本部とは関係ないし、大宮署にもいない。無関係ということだろうか。

「なんで藍崎さんの店を見に来たのよ」

「ほら俺、みかみセレモニーのバイトなくなっちゃったしさ」

代わりに藍崎に雇ってもらいたいんだろうか。

「未希さん、それでそちらの人は？」

ハルが訊く。オーダーを受けたウェイトレスがカウンターの向こうでほかの店員とこちらを見ながらなにか喋っていた。

「こちらは大宮西署の町岡隼人さん」

「やっぱり。未希さんの旦那さんだよね。外から見たらいい雰囲気だったよ。未希さんと宇月さんて仲いいなって思ってたけど、本命はこっちなんだ」

「おばさんに向かって適当なこと言わないでよ」

「いいじゃん。俺、おばさんの恋愛事情にも興味あるよ」

「仕事の話してただけだから。ねえ、隼人――」

見ると、隼人は腕組みをしてじっとあたしたちを見ていた。

「どうしたの」

「……遥希が生きていたらこんな感じなのかと思った」言ったあとで、思いきり苦笑する。「忘れてくれ。俺らしくないいな」

「遥希って」

ハルが訊く。この呼び方もきっとよくない。

ハルの前にカフェオレが置かれる。オーダーを誰が運ぶか、カウンターの奥でウェイトレスがじゃんけんしていたのをあたしは見ていたが、当のハルはなにも気にしていないようだった。

「……遥希っていうのはあたしたちの子供。でもね、八歳――小学校二年のときに死んだの。ハルっていくつだっけ」

「二十一だけど」

「そっか。生きていればハルよりもう少し上ね」

若いときにはおじさんおばさんが一括りに見えていたように、五十にもなると若い子が一緒くたに見える。二十一のハルと生きていれば二十五の遥希の差がどこにあるのか、もうあたしにはわからない。

ハルは隼人とあたしを見くらべた。

「……なんで死んだの？」

あたしはハルから視線をそらし、窓の外を見る。夜の道を行き交う人たちは誰もが寒そうに背中を丸めて歩いていた。

「天気予報を見たら、そろそろ雪が降ってもおかしくないって」

「え、うん、来週あたり雪になるかもって俺も聞いたよ」

「雪は嫌い。雪の日に遥希が死んだから。――十七年前の雪の日、遥希は近くの廃工場で同級生二人と遊んでいたの。でも同級生と別れたあと、何者かに使われていない業務用の冷蔵庫に閉じこめられて、酸欠と低体温症で死んだ。冷蔵庫は内側から開かなかった」

窓に映るハルは目を見ひらいた。

「遥希が死にそうだって連絡を受けたとき、あたしは仕事中で、帰――らなかった。隼人から、遥希の死を知らされるまで仕事をしてた」

「未希」

隼人の声で我に返る。唾を飲みこんだ。

「一緒にいた子のうちの一人も一度家に帰ったけど、夜になって家を抜けだしてそのまま行方不明になった。残った子の証言では、遥希は大人の男に冷蔵庫に閉じこめられたらしい。失踪した子の件にも、その男が絡んでるんじゃないかって言われてるけど、まだ捕まってない」

あたしはアイスコーヒーを飲んだ。冷たい。体中が冷えていく。

でもきっと、雪の日に冷蔵庫に閉じこめられた遥希はもっと寒かった。遺体はもっと冷たかった。

「あたしは遥希を殺した犯人を許さない。絶対にいつか犯人を捕まえてみせる。絶対、仇《かたき》を取ってみせる。それまであたしは刑事を辞めない」

あたしは目を閉じた。一度深呼吸をして目を開き、ハルに顔を向ける。

「それで、あたしの家には冷蔵庫がないの」

ハルは目を覚ましたような顔をした。

「それって夏場とか大丈夫なの」

「よく物が腐ってる」

微笑すると、ハルも戸惑いがちに笑った。

「そういえば、藍崎さんの店ではみかみセレモニーの園田ゆかりさんも働いてるって言ってた。ハル、知ってた？」

「なんとなく噂《うわさ》で。三上さんと藍崎さんが事務所でたまにそんなことを喋ってたから」

「三上さんと園田さんの関係については？」

「なんとなくだけど。三上さんや藍崎さんの様子を見てれば薄々気づくよ」

やはり事実か。

「藍崎さんの店ってシングルマザーが多いって話だけど、園田さんは一人暮らしよね」

「あ」ハルは一瞬言いよどんだ。「園田さん、二か月くらい前にお子さんを亡くしたんだよ。みかみセレモニーで葬儀のもろもろを手配したんだ」

「亡くなった……」

あたしは思わず藍ランドを見た。ガラスに映る自分の顔が強張《こわば》っている。擦《こす》りあわせた両手が冷たい。

すると、さっきあたしたちの相手をしてくれていたアヤが、私服に着替えて出てきた。客も一緒だ。アヤは不自然なほど客の腕に胸を押しつけるようにしがみついている。客はあたしたちと入れ違いに入っていった男で、藍崎瑠衣の対応から常連客のように見えた。

「まだ営業時間中だと思うんだが」

隼人が腕時計を確認する。

「そうね」あたしはふと思いたって、スマホで写真を撮った。「あの男、どこかで見たことがある」

「西条《さいじょう》金融の社長じゃないか」

「ああ、このあたりに事務所を構えている街金《まちきん》ね。きな臭いな」

「藍ランドに関してはそっちの二係に訊いたほうが早いかもしれないな。宇月も以前大宮署の二係にいただろう。西条金融と言えば昔からある街金だから知ってるんじゃないか」

隼人が言った。あたしは頷いてまたアイスコーヒーを飲んだ。遥希の話をしたからだろうか。妙に興奮した頭で、あたしはアヤと西条を見おくった。

「ちょっと宇月。そのひょっとこみたいな顔やめてくれる」

「ひょっとこで悪かったな」口を尖《とが》らせた宇月は窓枠に寄りかかって外に顔を向けた。「ゆうべは隼人と一緒に藍崎の店に行きよったなんて聞いたら、そりゃひょっとこの口にもなるっちゅうもんや」

「宇月は自分の班員の面倒見てたんでしょ。だいたいあたしは正式な捜査で行ったわけじゃないから」

「捜査やないならデートやんか。正式な捜査やなくても記録が公式に残るんやし、俺のこと呼べばいいやん。未希に呼ばれたら、俺は絶対飛んでいくから」

「ちょっと声低くしてよ」

会議室の前の廊下で、人の出入りがあわただしい。

「俺は誰に聞かれても構へんけど」

「あたしが構うの。妙な誤解されたら宇月だって困るでしょ」

言ってるそばから大岸がやってきた。捜査会議はじまるぞと怒鳴って会議室へ入っていく。あわててあとに続いた。

そうこうしているうちに前列に幹部が揃い、会議がはじまった。手許に配られた資料に神経を集中させる。

とりあえずドライアイス連続殺人事件とこちらの車輛爆破事件は、現時点ではドライアイスという共通項がある。そのため捜査方針もまだ無関係とは言いきれない。捜査本部同士も連携しているが、滝坂班は今日は大宮西署に出向いているらしく姿が見えなかった。

「ガイシャの通帳の入出金履歴を調べたところ、みかみセレモニーからの給与のほかに、ときどき副社長の藍崎裕二の店から十万円程度の振込がありました。これは藍崎に確認を取ったところ、藍崎が経営する大宮区宮町《みやちょう》一丁目のキャバクラ〈藍ランド〉に従業員を紹介してもらった紹介料とのことです」

あたしの話をもとに金の流れを確認していた捜査員が裏づけを取って報告してくれた。

「いわゆるキャバ嬢だろう。ガイシャはどこでその女たちを見つけてきたんだ」

「藍崎の話によりますと、ガイシャは人好きのするタイプで、競輪に行った先でよく見知らぬ人と友達になっていたということでした」

写真ではただの人の好《よ》さそうなおじさんという雰囲気の三上。あたしは競輪も競馬も競艇もやらないが、ああいう開けた場所では気が大きくなって見知らぬ人間同士が友達になったりすることが多いんだろうか。

あたしはじっと捜査資料の写真を見つめた。

「ほかに、過去二度、五十万円の入金が確認されました。一件は五年前で、植島花音《うえしまかのん》という人物からのものでした。藍崎から提出されたみかみセレモニーの顧客名簿と突きあわせたところ、同時期に子供を亡くした女性と判明しました。もう一件は二か月前、みかみセレモニー事務員の園田ゆかりからの入金です。園田いわく、ガイシャの生活費を振りこんだと言っています」

「五十万もか？　ガイシャと園田ゆかりの関係は」

「園田は、ガイシャの面倒を見ていたそうです」

はい、とあたしは手を挙げた。

「藍ランドで働いている女の子も、園田ゆかりとガイシャが恋人関係だという口ぶりでした」

「それにしても園田ゆかりは事務員だろう。葬儀社の給料はそんなに高いのか」

「みかみセレモニーの一か月の手取り額は少ないですね。園田ゆかりの基本給は十五万円で、そこから税金や各種保険料が引かれているようです」もとの捜査員が続けた。「あとは葬式の日程に合わせて、休日出勤が月何度かあったり、残業が発生するのでその辺の手当がついて——ただ園田も二か月前に子供を亡くしていますが、その子供が病弱だったため仕事も休みがちだったので、マイナス計算になっていたとのことです」

「そんな状態で、男に生活費を貢いでる場合じゃなさそうだが」

「園田にはほかに藍ランドの収入がありますね」

「そっちがいくらくらいか確認しろ。園田の事件当日のアリバイは」

「当日は藍崎も園田も事務所にいました。互いのアリバイを証明しています」

「と言っても同じ社内だからな」

「藍崎の店の藍ランドは、あまりいい噂がないようで、二係も目をつけています」

「それはどんな理由で」

今度は二係の捜査員が立ちあがる。

「ウリをしているんじゃないかという噂が流れていて、うちで監視対象になっています。藍崎は裏で地元の闇金《やみきん》と繋がっていて、生活力のない女たちに金を貸しつけ、それをネタに店でウリをやらせているんじゃないかと見ています。藍崎と西条金融という街金、実際は闇金業者との繋がりが出てきています」

ゆうべ藍ランドから出てきた西条金融の社長の写真は、さっき二係の捜査員に確認してもらい、証拠として提出したばかりだ。

初見の客にママがずっと張りつくのも、女の子が客になにか言わないように、なにか訊かれないように見張っていたと言えばそれらしい。

シングルマザーの受け入れ先だと藍崎瑠衣は言った。

なかなか就職が厳しそうな女の子たちにウリをさせる、か。えぐいがありえない線ではなさそうだ。

「園田ゆかりも藍崎の店に加担しているか、藍崎から金を借りているか、どちらかの可能性がある。念のため園田の身辺も洗ってくれ。それと植島花音からも話を聴くように。これは蝶野と宇月チームで頼む」

「わかりました」

宇月とあたしの返答がかぶる。

女の捜査員は女の証言を取りに行かされる確率が高い。それ自体は悪いことではないが、子供を亡くした母親から話を聴くというのがどうにも気が重かった。

しかも、植島花音は臨月だった。

埼京線の中浦和駅から少し歩いた、昔ながらの大きな一戸建てが並ぶ住宅街のとある一戸建てが植島花音の自宅だった。ただし、堺《さかい》という楷書体の表札が門についている。

広い庭が見える南向きのリビング。光が射しこみ、部屋全体が明るく暖かい。堺花音は重そうな腹を動かして紅茶を淹《い》れてくれた。あたしは口をつけないが、隣で宇月が早速飲み、うまいですねと返してくれる。

「ご結婚されたんですか」

「はい。まさかこんな大きな日あたりのいい家に住めるなんて、昔は考えもしませんでした」

五年前の住所は、西川口《にしかわぐち》の外国人が多いエリアだった。西川口は近年再開発されたが、その前はいわゆる歓楽街だ。

「今日は日曜日ですが、ご主人はお留守ですか」

堺本人以外、この家には誰もいないようだった。

「接待ゴルフです。埼玉県庁で働いているんですけど、ときどきゴルフがあって。主人の趣味でもあるので、それは行ってもらってます」

埼玉県庁はここから徒歩圏内だ。ついでに言うなら宇月の本拠地・埼玉県警も同じく近い。

「ご結婚されたのはいつですか」

「一年前です。大宮の飲み屋で接客していて、そこに主人がお客様として来たんです」

店の名前を訊く。飲み屋と言うが、藍ランドと同じキャバクラだ。

紅茶の香りが漂ってくる。フルーツベースだろうか、華やいだ香りだ。普段あまり匂いなんて感じないのに今日はやけにきつい。飲んでもいないのに咽喉に詰まりそうになる。銘柄のせいじゃない。

堺が妊婦だからだ。

それがただ――重い。

町で妊婦を見かけたときにも感じる重さ。もうすぐ生まれる子供を持つ家には、その何倍も濃いなにか、生命力のようなものが宿っている。

そのなにかに負けそうになる。

気取《けど》られちゃいけない。いつも以上に気を遣い、顔を引きしめる。

「三上秀明という男性をご存知ですか」

宇月が訊くと、堺は表情を強張らせた。玄関で警察手帳を見せたときもそうだった。堺は、三上がおととい爆破事件に巻きこまれて死んだことを知っている。そして三上を知っている。

「……知ってます。でも、五年くらい前に会っただけです」

「五年前」

言うと、堺は言葉をかぶせてくる。

「そうです。それからは会っていません」

「五年前の十月、あなたは三上さんの銀行口座に五十万円を振りこみましたね」

はっとしたように堺が口を閉ざした。

「その五十万円はなんのお金だったんでしょうか」

「なんの――ただのお葬式の費用です。わたしの……前の子供の」

「お葬式の費用はみかみセレモニーに支払うはずですよね。現にそちらにも入金があります」

ほとんど参列する人間のいない葬儀だったのだろう。みかみセレモニーに支払われた代金は、この五十万円よりも安かった。

堺の表情は完全に硬くなっている。手が震えているようで、カップがソーサーに当たるかちかちという音が聞こえてきた。

さっきまでとは、あきらかに様子が違っている。

「そのときのご主人はどうされたんですか」

「わたしは今回が初婚です。――お願い、主人にはこのことは言わないでください」

未婚で子供を産んだということか。相手とは結婚前に別れたのか、不倫などの結婚できない事情があったのか。

「お子さんがいらしたことを話されていないんですか」

「話す必要なんてありませんよね。だってもう子供はこの世にいないのに」

それはそうだが。

「三上さんに支払ったお金は、あのときのわたしにできた限界のお金で……手切れ金……そう、手切れ金です」

堺は顔を上げた。

まるで名案を思いついたとでも言うかのように、表情がもとの明るさを取りもどしている。

逆にあたしはしまったと思う。もっと先手先手で攻めるべきだった。

「三上さんのこと、主人には言わないでいただけますか」

「それで済むお話でしたら」

「済む話です。三上さんとは――もともと知りあいで、そういう関係、だったんです。ええとたまに会って……セフレ、みたいな。それで、子供が死んだのを機に次の人生を歩みたくなって、三上さんとは別れようと……五十万はその手切れ金、です」

「お子さんはなんで亡くなられたんですか」

かすかに堺の片頰が引きつったのを、あたしは見逃さなかった。

「なんでって……病気、です。それがなんなんですか。もう昔のことです」堺は突然また表情を変えた。目を吊りあげる。「もう三上さんとは無関係です。三上さんが亡くなった事件だってわたしとはなにも関係ありません。二度と来ないでください。わたしは今幸せなんです。この幸せを壊さないでください」

もちろん堺花音の幸せを壊す権利はあたしたちにはない。あたしと宇月は礼を言って堺家を辞した。

本当に幸せ要素の詰まった暖かな部屋だったのに、かすかに鳥肌が立っている。宇月が片手でコインケースを弄びながら、自販機でペットボトルのお茶を買ってきてくれた。温かいほうだ。

「ありがとう。でも温かい飲み物は――」

「しばらく持ってたらええ。この寒さや、すぐぬるくなるさかい。未希、顔色が悪いで、カイロ代わりや」

宇月は言って、歩きながら自分のペットボトルを開けて飲んだ。

「……ごめん。妊婦、嫌いなの。見てると気持悪くなる」

「そんなことは俺以外の奴には言わんほうがええで」

「隼人も知ってる。別居する直前くらいに外で食事をしてたとき、隣の席に妊婦が座って、あたし、気持悪くなって倒れたの」

そうなんや、と宇月はつまらなそうな顔をした。言わなくてもいいことまで言ってしまうのは、けっして宇月を翻弄したいわけじゃないけれど。

「どうする。どっかで休憩しよか」

「大丈夫。次に行きたい」

「次って」

「園田ゆかり。彼女が三上の恋人なのかセフレなのか、とにかくつきあってたってことはアヤもハルも言ってた。もちろん藍崎裕二も知ってるはず」

「三上はたしか独身やったな」

「捜査資料にはそう書いてあった。独身だから恋人の一人くらいいてもおかしくない。でも恋人をキャバクラに紹介するかな。まして真偽はさておき、ウリやってるなんて噂が立つような店に。たしかにそんな悪い男も世間にはたくさんいるけど、園田からも話を聴いて、堺の今の話と較べてみたい」

「今の堺花音の話は本人がそう言ってるだけやもんな。なんや嘘くさかった」

「やっぱり宇月もそう思った？」

「あたりまえや。なんやろな、ためらってるふりはしてたけど、途中からえらく饒舌《じょうぜつ》になったやんか。こっちを言いくるめる名案を思いついたって感じやった。それが今、俺たちが聞かされた話や。刑事相手にいい度胸やで」

「どこまで本当かわかったもんじゃないわよね」

冷たい風が吹いた。あたしは身を竦《すく》める。

宇月が風の吹いてくる方角に立ってくれた。

「ありがと。でも大丈夫」

あたしは宇月の背中を軽く叩き、歩幅を大きくした。

世の中には、強い逆風を受けてしまう境遇の人間がいる。

その人たちが生きづらさを感じないように手助けするのも警察の仕事の一つだと思っている。

だけど逆風をはねかえすためなら、どんな嘘をついてもいいと思う人間だっている。

あたしたちは埼京線に乗って大宮駅に出た。東口の現場は封鎖も解けて、もとどおりバスやタクシー、一般車輌が走っている。

北大宮へ向かう道をしばらく歩いて脇道に入ると、繁華街の様相はすっかり消え、昔ながらの鄙《ひな》びた住宅街になる。最寄り駅が新幹線停車駅——しかも関東都市部——だなんて信じられないレベルだが、どこの地方都市だって似たり寄ったりだ。

もう表向きは完全に閉まっているというみかみセレモニーの事務所から園田ゆかりの自宅までは徒歩で四十分くらいか。自転車ならもう少し早く着くが、園田はなにで通勤していたんだろう。

「二か月前に亡くなった園田ゆかりの子供は、水に宇宙の宙って書いて〈あくあ〉って読むらしいで。園田水宙。今どきっぽいキラキラネームやな」

本部からメールで送られてきた園田ゆかりの経歴を見て、宇月が感想を述べた。

「たしかに普通あくあとは読めないね。今どきの幼稚園や小中学校ってこんな名前が並ぶのかな」

「先生に同情したくなるわ」

「同感。いくつで亡くなったの」

「五歳。――未希、大丈夫か」

「うん、ちゃんとやる。さっきみたいなヘマはしない」

「なにかあったら俺がフォローするから安心せい」

「ありがとう。うしろは任せる」

若手の刑事と組んで先を突っ走るのも、うしろで見守るのも嫌いじゃないけど、今回だけは宇月にうしろを守ってもらえてよかったと思う。

鉄骨造の古びたアパートが園田ゆかりの自宅だった。おそらく築年数は五十年を優に超えているが、郊外ではこんなアパートもそれほど珍しくない。

「郵便物見てないのかな」

今にも崩れおちそうなブロック塀づたいに並ぶ郵便受けで、ガムテープに園田と名前が貼ってある受け口からは、郵便物が溢《あふ》れそうになっていた。はみだしているものを摑んで引きぬく。

「未希。おいこら」

「部屋まで運んであげるだけ。こんなに詰めこまれてたら郵便屋さんだって困るでしょ。雨に濡《ぬ》れて皺《しわ》になってるものだってあるし。それにしてもなんでこんなに郵便受けを覗かないのかな」

「覗く以前に目に入ってくるわけやから、あえて無視してるんやろ」

郵便物を見る。通販のダイレクトメールやチラシがほとんどだが、それ以外は税金かなにかなのかさいたま市からの督促状、西条金融と書かれた封書。さすがに封を切るわけにはいかないがなんとなく中身の想像がつく。

「西条金融、やっぱり園田ともなにか繫がってるっぽいね」

「昔は反社との繋がりはそんなに色濃くなかったけど、最近はどやろな。二係も目ぇつけてたし、まあどっちにしても街金てよりは闇金レベルの会社や。捜査会議でもそう言われてたし」

「事と次第によってはあとでまわったほうがいいかな」

「藍ランドを探ってる大宮署の二係との関係もあるから、別働隊に渡したほうがええ。本部に連絡しとくわ」

宇月はスマホでメールを打ちはじめた。あたしは続けて手紙を確認する。

「あとは病院、ガス、これはアパートの管理会社か。さしずめ家賃かな。どれもこれも督促っぽいけど園田ゆかりは一応みかみセレモニーと藍ランドで働いてたわけでしょ。手取りいくらだっけ」

「みかみセレモニーのほうは十二、三万――もしかしたらもっと少ないかもしれへんな。親子二人じゃいくら助成があっても足りない額や」

「あとは藍ランドでいくらもらってたか。でもこれだけ督促状が来てるってことは、たいしたことなさそうね。このアパート、家賃どのくらいするのかな」

「部屋の広さにもよるけど、一応最寄り駅は大宮やからな。最低でも五、六万は下らんやろ」

あたしたちは錆《さ》びて今にも崩れおちそうな外階段を上っていった。

インターホンはただ音を鳴らすだけの小さなものだ。一度鳴らしてみたが返事がないのでまた押してみる。薄いドアをノックもしてみた。中でかすかな人の気配を感じる。

「園田さん。きのうみかみセレモニーでお会いした、大宮署の蝶野と県警の宇月です。いらっしゃるんでしょう。開けていただけませんか」

また中で動く気配がしたのでしばらく待っていると、ひどく注意深くドアが開かれた。チェーンがかけてある。

きのうは髪を縛っていたが今日は下ろして、化粧もしていない。眉が薄くてさらに顔色が悪く見える園田ゆかりが、隙間から顔を出した。

「……なんですか」

「これ、郵便受けにたまってましたよ」

手にしていた郵便物を差しだすと、ゆかりは口の中で小さく礼を言った。

「少しお話を伺いたいのですが、中に入れていただけませんか」

「話すことなんてありません」

「我々にはあるんですが」

園田はドアを閉めようとするが、あたしがすでに足先を中に突っ込んで、ドアが閉まらないようにしていた。

最初からあたしと視線を合わせようとしなかった園田は、それでもさらに視線を落とした。やがて手をドアに這《は》わせ、チェーンを外す。

「……どうぞ。お茶とか、なにもありませんけど」

「お茶を飲みに来たわけではないので気にしないでください。それに手持ちがありますから」

さっき宇月にもらったペットボトルを鞄から出して見せる。園田は表情を変えずに踵を返したので、あたしたちも続いて室内に入っていった。すぐキッチンになっていて、奥に畳の部屋がある。物が少ない。壁が薄いようで、隣の家のテレビだろうか、かすかになにか音声が聞こえる。靴下だからよかったが、これがストッキングを穿《は》いていたら伝線間違いなしのささくれだった畳だ。

テレビは一応あるけれど小型で古め。今どきのテレビよりも少し厚みがあって外枠が太い。一着だけ、色褪せたカーキ色のベンチコートが長押《なげし》に掛けてある。襖《ふすま》にはクレヨンやカラーペンで子供が描いたらしいいたずら描きが残っていた。

小さい座卓を囲み、焼けた畳の上に直《じか》に座る。冷たかった。エアコンはあるが作動していない。ストーブもこたつもない。外気と同じ気温なんじゃないかと錯覚するほどに冷えた部屋だ。

「みかみセレモニーはもう畳まれたんですか」

「今日はお休みです。あたしは事務処理が残っているのでもう二、三日くらい……」

「急なことだから、一か月分のお給料は出るんですよね」

俯《うつむ》いたままの園田は、それでも頷いた。

「ただ、あたしのお給料、そんなに」

たしかに三十歳一人暮らしならもっと派手な生活をしている女性はいくらでもいるだろう。このあたりはのどかだが、それでも埼玉県さいたま市。立派に首都圏だ。

もう一度部屋の中を見まわすと、棚の上に小さな線香立てと写真、淡い水色のカバーに包まれた小さな骨壺《こつつぼ》があった。

けれど写真は伏せられている。

「あれがお子さん——水宙くんでしたよね。そのご遺骨ですか」

訊くと、園田ははっとしたように棚を見あげ、小声で、です——そうです、だったかもしれない——と答えた。

「お線香をあげさせてください」

宇月が立ちあがる。あたしも続いた。

小さな骨壺は十七年前を思いださせる。置いてあった百円ライターで火をつけたお線香を、宇月が一本渡してくれた。線香立てに立てて手を合わせる。

宇月が写真を立てた。あどけない子供の笑顔が見えて思わず顔をそむけると、園田と目が合った。

「お墓はどちらに。園田さんのご実家は」

「北海道です。でも家出同然で埼玉に来て結婚したから……それに北海道までの飛行機代もなくて」

園田の視線が揺れて、あたしが郵便受けから取ってきた郵便物の束の上で留まる。一番上には督促状と書かれたハガキが置かれていた。

園田の髪はぱさぱさで艶がない。毛先ばかりが妙に明るいのは傷んでいる証拠だ。不健康に痩せて、三十歳にはやはり見えない。着ている洋服も毛玉だらけで色褪せたセーターだ。

もとのように座りなおして訊いた。

「園田さん、ご主人は」

「あ……離婚しました」

「いつごろですか」

「水宙が——子供が生まれてすぐ」

「離婚の理由を伺ってもよろしいですか」

「もともとデキ婚だったんです。それが、あたしの妊娠中にほかの女のところに入りびたるようになって……結局そのまま出ていきました」

「念のため元ご主人のお名前を教えてください。連絡先はご存知ですか」

「住所は全然。携帯は変わってなければ」

園田が言った名前を、宇月もあたしも書きとめる。一ノ瀬康《いちのせやすし》。歳は園田より一つ上。画面にひびの入ったスマホを操作して、電話番号も教えてくれる。

今のところ、園田は訊かれたことには素直に答えていた。

あたしは宇月を見た。バトンタッチ。

「失礼やけど」宇月が代わって訊いた。「水宙くんはなんでお亡くなりになったんや」

「病気、でした。生まれつき心臓が、弱くて」

「病院にかかっていた？」

「入院と……家と交互で、お金がなくて」

「医療費はある程度助成されるやん」

「でも入院するとこまごまとかかって……。医療費はただでも、食事とか、アメニティとか」

たしかに去年母が大腿骨《だいたいこつ》を骨折して入院したときもそうだった。医療費は高額療養費制度を使えば負担は最小限——と言っても数万円だが——で済むが、食事代や動けないときのおむつ代、病院指定の着替えなどで結局相当な金額が別途かかることになったものだ。

「生活保護は」

「親に連絡が行ってしまうから——」

「連絡が行ったらまずいんか」

園田は黙りこんだ。さっき、家出同然で北海道を出たと言った。だとしたら連絡しづらいのだろうと想像はつく。

「当時はまだ藍ランドで働いていなかったんか」

園田は一瞬視線を止めた。

「はい――藍ランドで働きだしたのは、水宙がいなくなってから、です」

「みかみセレモニーで働いてるあいだ、水宙くんはどないしてはったんや」

「体調が落ちついていれば、一応保育園に預けることはできました」

「預かってもらえるんか」

「はい。申込みのときに申告が必要だし、どの保育園でも大丈夫ってわけじゃないですけど……たぶん、優先的に配慮してもらえたと思います」

それでも預けるのは体調次第なのだろうが。

「具合が悪いときは」

「あたしの仕事は電話受付や事務仕事が多かったから、出勤できなくても……電話なら家からでもかけられるし」

「その分お給料が減ることはないんか」

「それはしょうがないと……おかしいですよね。水宙を生かすために、葬儀社の仕事なんて」

「葬儀屋さんも立派な職業や。おかしくなんてあらへんがな。働きだしてどのくらいやったんや」

「まだ半年、くらいです」

それではまだ有給休暇も発生していなかった。

「毎月足りなかった生活費はどないしてたんや」

「借りて……」

「誰に」

「藍崎さんや——金融業者に」

宇月は頷いてあたしを見る。バトンが返ってきた。

「立ちいったことを伺います」あたしは言った。「三上秀明さんと関係を持ったのもそのくらいですか」

園田の返答が遅れた。あたしはあえて事務的に続ける。

「ほかの方から証言は取れています」

「そのくらいです。働きはじめて……三上さんが、うちが自分の家への通り道だからって送ってくれる途中で、ホテルに車を入れられて、お金をくれるからって」

「いくらもらったんですか」

「最初に、一万円」

「その後は」

園田は首を振った。

あたしは天を仰ぎたかった。

「三上さんのことを恨んでいましたか」

園田は俯いたまま首を振った。

「三上さんが雇ってくれなかったら、あたしは今頃生きていなかったかもしれません。こんな暮しもできなかったかもしれません。感謝、しています」

消えいりそうな声だ。本心なのか疑いたくなる。

三上の家とは違う。玄関すぐ脇のキッチン周りには、カップ麺の容器すらなかった。カップ麺はコスパが悪い。少しでも安く、切りつめた生活をするなら自炊が一番だ。

「二か月前、水宙くんの葬儀はみかみセレモニーが請けたんですよね。葬儀代がいくらか覚えていますか」

「葬儀はやらずに、直葬《ちょくそう》で」

「納棺と火葬だけというやつですか」

珍しいがまったくないわけじゃないだろう。

「十五万くらいでした」

「みかみセレモニーに振りこんだんですね」

十五万円。たしかに園田ゆかりからみかみセレモニーに支払った記録が、提出された帳簿には残っていたはずだ。

「そうです」

「では同時期に三上秀明さん個人の口座に直接振りこんだ五十万円はなんの代金ですか」

はじめて、園田の膝に置かれた手が握りしめられた。その肩に力が入る。

「……法要の」

宇月とあたしは顔を見あわせた。

「葬儀代より高い法要なんてありませんよね。それに法要の代金でしたら、みかみセレモニーの口座に振りこむんじゃないですか」

同じ五十万円を、堺花音は三上との手切れ金だと言った。

「――お金を、貸してほしいと言われたんです」

「三上さんにですか」

「競輪の元手が足りなくなって、って」

たしかに三上は給料をほぼ全額まわすほどの競輪好きという話で、そちらで借金をつくっていた。だが生活費にも困窮している園田から金を借りようとするだろうか。

「その五十万円はどうやって工面したんですか」

「それも業者さんから借りました」

「西条金融ですか」

「はい」

「もしかして、その返済のために藍ランドで働きはじめたんですか」

園田はためらいがちに頷いた。とすると、藍ランドでの収入はほとんど返済に充てられているということか。

「あの……そのお金、五十万、返ってきませんか」

「借用証などありますか」

「いえ」

「貸したという証拠がなければ、残念ながら難しいですね」

「そう、ですよね」

「園田さんも大変かと思いますが」

「このくらい……。あたし、昔から運が悪いんです。母親はあたしを置いて家を出ていったし、父親が再婚した新しい母親とは相性が悪かったたし、一ノ瀬みたいな男に引っかかって――水宙が病気だったのも、全部」

「いや、それは違うやろ」

「園田さんは、三上さんのことが好きだったんですか」

あたしはさっきとは真逆の質問を投げかけた。

「……いえ。ただ」

「ただ？」

「楽にしてくれるって言ったから――あたしを」

「それは、生活費を援助してくれるってことですか」

「いえ――」

「三上さんの口車に乗せられて、関係が続いていたんでしょうか」

「口車じゃ……」

語尾が消える。

その代わり、正座した膝の上に置かれた手の甲に、ぽたぽたと涙が落ちてきた。

三上のことを好きかという問いは否定した。

ならなぜこんなに泣くのだろう。やはり園田は、三上を愛していたんだろうか。

それとも〈運悪く〉仕事を失った自分を憐《あわ》れんでいるだけか。

だが、園田には、いくらほとんどが自分の収入にならないとは言え、まだ藍ランドでの夜の仕事があるはずだ。

けれど、園田ゆかりから、それ以上なにかを聞きだすことは難しそうだった。

「葬儀社や地域にもよるけど、直葬の相場は十万から三十万くらいやて。結構幅があるんやな」

宇月がスマホから顔を上げる。

あたしはパスタを半分くらい残したまま、フォークを置いた。

「食欲ないんか」

「ん」

「食べないと体力がもたへんやろ」

「わかってる。特に五十過ぎて体力落ちてきてるもの」

「落ちてるんかい」

宇月がわざとらしく驚いた顔をしたので、思わず吹いてしまった。

「うるさいな。落ちてるからよけい必死になって、非番のときはジョギングしたりジム通ったりしてるのよ。でもこうして捜査本部が立つとジョギングもできないしジムも行けないし、体力メーターがどんどん落ちていくの」

「それ本末転倒ってわかってるか」

「わかってるわよ。ちょっと黙って。考えごとしたいんだから」

思考重視になると食事が疎かになる。エネルギーをさらに摂《と》らないといけないってわかってるけど。

「園田ゆかりは五十万を西条金融から借りて工面した。気になるのは三上のほう。お金のない園田からなんで競輪の元手なんて理由で、五十万を受けとれるって思ったんだろう。仮にも従業員に社長がそんな頼みごとをするかな」

「園田は絶対自分を助けてくれるって自信があったんやないか。最終的には藍ランドで働いて金を稼げばいいって説得したんだろうけど」

「それで三上は藍崎から紹介料ももらえて一石二鳥ってこと？　そりゃ園田が三上にぞっこんだったならありえるかもしれないけど、そうでもなさそうだった。それに、その園田の五十万だけだったら、百歩譲って競輪の元手として借りたって納得してもいい。でも今回は違う。堺花音の五十万もある」

「堺は手切れ金だと言ってたな」

「金額は同じなのに理由が違う。たまたま違う理由で五十万を渡したのかもしれないけど」

「そんなに気にすることか」

「……たとえば、三上に弱みを握られていて、五十万を渡さざるをえなかったとしたら」

「二人ともか？」

「そう。だって二人には共通点があるじゃない」

「ああ、そういうことか。堺も園田も、五十万の前後に子供を亡くしてる」

「あたしの考えすぎかな」

宇月はあたしを見つめ、軽く首を振った。

「考えすぎってことはあらへん。ただそれが、なんの弱みになるのかはわからへんけどな」

「そうだよね……」

そのとき、視界の隅でなにかが動いた。

またた。

窓の外にハルが立って手を振っていた。あたしたちと目が合うと、ハルは笑顔になって店の入口にまわり、すぐこちらの席にやってきた。

「ハル。なんで」

「三上さんや園田さんの家ってこっち方面だからさ。二人の家に行ったりするならこの辺で未希さんたちが休憩しててもおかしくないなって探してたんだ」

キャップをかぶったハルは、遠慮なく宇月の隣に座った。

「あんた嗅覚鋭すぎ。刑事にでもなったらどう？　お勧めはしないけどね」

「勧めないんだ」

「警察官なんてあたしは勧めないわよ。危険な上にブラックだもの。休みはまともに取れないし、普通の生命保険にだって入れないし」

「シビアだね」

「ハルはこの辺に土地勘あるの」

「それなりに。うちの実家も近いからさ。ねぇ未希さん、そのパスタもう食べないの、俺もらっていい？」

「おまえ図々しいな」

「まあいいわ。どうぞ」

ハルはウェイトレスにドリンクバーだけ注文して、飲み物を取りに行った。

「行動読まれるとは、俺たちもしや刑事失格か？」

宇月が眉根を寄せる。あたしも苦笑した。ゆうべといい、今といい。

相変わらず人目を集めながらコーヒーを持ってきたハルに、あたしは訊いた。

「ハル。園田水宙くんの葬儀をなにか手伝った？」

「園田さんのお子さんだよね。うん、霊柩《れいきゅう》車運転したよ」

「運転？　なによ、免許持ってんじゃない」

「あ、いけね」

「まあいいわ。それで園田ゆかりさんの様子はどうだった」

「ずっと声を殺して泣いてたよ」

「そう。そのとき三上さんは？」

「ちょうど別の葬儀の打ちあわせが入っててていなかった。三上さんは火葬場に直行して、そこで合流したんだ。俺は三上さんにあとを任せて、霊柩車を運転して帰ったよ」

「そう……」

「元気なくない？　未希さん」

「そうかな――」

言いながら、賑《にぎ》わうファミレスの店内を見まわした。小さな子供を連れたグループも何組かいる。

「この店、園田さんの自宅から十分くらいなのに、あの殺風景な家とは全然違ってる。彼女は水宙くんとここで食事をしたことがあったのかな。ここは光が当たって、明るくて、あの家とも冷蔵庫の中とも全然違ってて」

「未希」

宇月に呼ばれる。あたしは軽く首を振った。

「運が悪いって彼女言ってたけど、運なんてものに人生は決められちゃうのかな。全部運が人生を仕組むのかな。なにがあってもそれは運のよしあしなのかな。遥希は運がよかったから元気であちこち遊びあるくことができて——最終的に運が悪かったのかな」

視線を自分の前のアイスコーヒーに落とす。ストローでかきまぜた氷が、軽い音をたてた。

「水宙くんが運が悪くて病弱で死んだのなら、遥希もきっとそういうことよね」

「未希」

宇月の手が正面から伸びてきて、ふいに頬を挟まれた。そのままぐにゅっと指を押しこまれる。

「ひょっと、うにゅき」

「不細工やな」

宇月が笑いながら手を離す。隣でハルも吹きだした。あたしはあわてて自分の頬を撫でる。

「なにするのよ」

「らしくないわ」

「悪かったわよ。運なんて関係ない。少なくとも遥希に関しては、犯人がいるから事件が起きた。それだけなのに。でも」

園田ゆかりがどんなに大変だったのか。あの狭くて寒々とした部屋を見てもその全部なんてわからない。彼女はあの部屋から想像できる以上に苦労したはずだし、水宙が生きているあいだの五年間を推しはかることなんてできない。

だけど遥希が死んだあのときの苦しみなら、まだぐちゃぐちゃの感情を整理できないまま覚えている。

運なんて言葉は好きじゃない。でも。

「運って言葉のせいにすれば、少しは楽になれるかもしれないじゃない」

あたしは宇月に苦笑して見せた。宇月は逆に苦虫を噛みつぶした顔をする。

「今だけ言うけど、俺は未希が全部忘れてくれればいい思うてる」

「隼人にも言われたけどどね」

「俺が言うてんのは隼人のことも含めてや。隼人のことも遥希のことも」

「それなに。宇月さん、未希さんをくどいてんの」

ハルが口を挟んだ。宇月はしかめっ面のままハルを眺め、頰杖《ほおづえ》をつく。

「せや。五十超えたおっさんが恋愛しちゃあかんのか」

「そんなこと誰も言ってないじゃん」

「これでも警察学校時代から、俺は未希が好きやったんや。でもそのときからもう、未希は隼人のもんやった」

「ちょっと宇月、コーヒーで酔っぱらってないでしょうね」

「安心せい、素面《しらふ》や」

なおタチが悪い。あたしは少しあわててハルに顔を向けた。

「あたしと隼人はね、警察学校に入る前からの知りあいだったの。隼人がまだ大学生であたしが短大生だったときから、その、つきあってたわけ」

「へえ。それで二人で仲良く警察官になったの」

「二人とも会う前から警察官志望だったのよ」

あたしと隼人は学生時代、学校の立地が近くて、無理矢理連れていかれた合コンで知りあった。興味ない場所で無意味に振りまく愛嬌《あいきょう》は持っていないが、人に不快感を与えない程度の社会性はお互い持っていたので、人数合わせの立場同士とわかったあとは気さくに話して、結果、意気投合した。

「未希さんはなんで警察官志望だったの」

「うちは父親も警察官だったのよ。もう退官してから——五年前かな。病死したけどね」父親は遥希の事件をずっと気にしていて、そこから手を引いた隼人に怒っていた。「宇月もお父さんが警察官だったのよね」

「せや」

「しかもそれが、隼人の恩人の警察官で」

「なにそれ、運命?」

「さあ。しかも宇月はこう見えて一流大学出てるのよ。なんでキャリアにならなかったのか不思議なのよね」

「一般市民に寄りそいたいんや」

「お父さんの影響なのかな」

「知らんがな。親父《おやじ》と俺とは違うんやから」

宇月はまた顔をしかめる。そう言う割に、宇月が父親を尊敬していることをあたしは知っている。でなきゃあたしと同じように父親と同じ警察官になろうなんて思わなかったはずだ。

警察学校は大卒以上と短大卒以下では在籍期間が違う。大卒以上は半年で済むけど、それ以外は十か月かかる。宇月と隼人は大卒で同じクラスだった。宇月は隼人の恩人の警察官の息子という偶然があったお蔭か、二人はよくつるむようになったらしい。口数少なめの隼人と、当時からエセ関西弁でよく喋る宇月。なんで気が合っているのかわからない二人だった。

どこまでが運命なのかわからない。

でも二十歳そこそこの小娘だったあたしは、隼人との出会いを運命だと思った時期もあった。今考えると恥ずかしくて笑ってしまうのだけど。

「未希さんの旦那さん、渋くていい男だったよね」

「そういうハルだってもてるでしょ」

「未希はほんっとにイケメン好きやな」

宇月が今度はわけのわからない絡み方をしてくる。

「宇月だって多少濃いめだけど、イケメンの部類に入るわよ。だいたい女は古今東西イケメン好きと相場が決まってるの。男が巨乳好きなのと一緒」

「俺は未希が好きなんやから、別に巨乳やなくても気にせえへんよ」

「宇月、いつか殺していい?」

「未希に殺されるなら本望や」

「またそういうことを言う。ハル、言っとくけど不倫じゃないからね」

「別居して十六年も経つのに、この夫婦まだ離婚せんのや」

「うるさいな」

「なんだろ、こういうのも痴話喧嘩って言うのかな」

ハルが首を傾《かし》げながら、綺麗にパスタをたいらげた。コーヒーまで飲んで満足そうに笑う。

話がおかしな方向に向いていた。そろそろ出たほうがいいか。そう思ったとき、宇月とあたしの電話が同時に鳴った。真顔になった宇月のほうを止めさせて、あたしの電話で出る。ハルや他人のいるファミレスでスピーカーモードにはできないので、なるべくスマホを二人の中央に持っていき、耳を寄せた。

「大岸だ。蝶野、今どこにいる」

「大宮駅東口から少し北大宮方面に歩いたところのファミレスです。宇月も一緒です」

「了解。大宮駅西口に急行しろ」

「なにかあったんですか」

「西口駅前歩道橋の上で男が刺された。被害者は藍崎裕二だ」

「藍崎――」

あたしと宇月はとっさに視線を交わらせた。

◆

「町岡様、わざわざいらしていただいて申しわけございません」

店を見まわしていた隼人はサングラスを外し、ブルゾンのポケットに入れた。

「いや、ちょうど近くにいたときに電話をもらったから、直接来たほうが早かった」

「左様でございますか。早速ですが、こちらが修理代になります」

店員が出した見積書に書かれた金額はそれなりのものだった。だが直ればそれでいい。

「この金額で構わない。修理が終わるのはいつごろになりそうかな」

「部品は在庫がございますので、数日のうちにご連絡差しあげられそうです」

「わかった。助かるよ」

隼人は店員からその紙を受けとり、もう一度店内を見わたした。

「おととい受付してくれたのは初見の若い店員だったが、今日はいないのかな」

「彼は本日は休みをいただいております。きのう咳をしていましたからね。おとといも体調が悪くて、夕方だけ来たんです。風邪だと思うのですが、無理に出社してお客様にうつしたら大問題ですので、そういうときは無理せず休むように伝えてあります」

なるほど、と隼人は納得した。

礼を言って店をあとにする。ほかに特に買うものはないのでそごうを出て、歩道橋を渡って大宮駅に戻ろうとしたが。

すぐに騒然とした空気に気がついた。

刑事の仕事から身を引いて久しいのに、まだこういう空気には敏感だ。

おそらく――遥希の事件が解決するまでは。

周囲を見まわさなくてもすぐにわかった。歩道橋の一角に人だかりができている。近くの交番の制服巡査の姿も見えた。隼人も近づいてみる。顔見知りの警察官はまだいない。私服刑事もいない。ということは、まだ事件が起きてほとんど時間が経っていない。

人だかりの中央で、男が倒れていた。腹を刺されたのか血が出ている。意識があるかはわからない。

あの事件が解決するまでは、隼人のどこか一部は刑事のままなのだろう。

未希が刑事でいるように。

パトカーと救急車のサイレンが近づいてきた。隼人はサングラスをかけ、足早にその場を立ち去った。

第三章

部屋には煌々《こうこう》と明かりがついている。

もう〈あの男〉は死んだのに。

もうゆっくり眠れるはずなのに。


寒い。凍えそうに寒い。


「続いて次のニュースです」

つけっぱなしのテレビから声が流れる。

「本日十五時ごろ、埼玉県さいたま市の大宮駅近くで、男性が刺されて死亡しました。この男性はさいたま市大宮区在中の藍崎裕二さんとみられ、おととい大宮駅東口で爆破事件に巻きこまれて死亡した三上秀明さんと同じ会社に勤務しており、警察では事件の関連性を調べています」


はっと顔を上げる。

なんの話だ。

かち　かち　かち。

時計の音を聞きながら考える。

小太りで背がそれほど高くなかった葬儀屋。
記憶に残る〈男〉とは背恰好《かっこう》が全然違う。

そうだ。

それなら、赤いスマホのあいつは誰だ。

十七年前の〈あの男〉は——もっと背が高かった。
今まで死んだ男たちより、もっと今では歳をとっているはずだ。
自分は今でも見られているんじゃないか。
〈あの男〉から。
あの電話は〈あいつ〉だったんじゃないか。
葬儀屋は別人だったんじゃないか。

かち　かち　かち。

探せ。探せ。あの男を探せ。

殺せ。

今度こそ。

ころせ。


雪が降る前に。

◆

大宮駅西口は、ロータリーの上を網目のように歩道橋が広がっている。右に行けばショッピングセンターのアルシェやマルイ、左側は大宮そごう、正面に進めばソニックシティ。東口よりも開発が進んでいて、大きなビルや商業施設が建ちならぶ。

その一角が通行止めになっていた。

「ハル、あんたはここまでだからね。さっさと家に帰りなさい」

ハルにそう言いおいて、あたしと宇月が立入禁止のテープをくぐると、ちょうど現場を覆うように張りめぐらされたブルーシートの内側から出てきた滝坂有砂とぶつかりそうになった。

「滝坂さん。これドライアイス連続殺人事件となにか関わりがあるんですか」

「念のため呼ばれましたけど、多分関係なさそうですよ。なんてことはないと言ってはいけませんが、普通の刺殺事件です」

「じゃあやっぱりうちの事件絡みですか」

「でしょうね。藍崎裕二って、先に殺された三上秀明の会社の人間ですよね」

言いながら、ふと滝坂の視線が止まった。テープの外にいるハルに気づいたらしい。キャップをかぶっているとは言え、人混みの中でも目立つ風貌をしている。

「あの若い男──」

「未希の追っかけや」

宇月が無駄に勘違いさせるようなことを言う。

「追っかけ？」とたんに滝坂が顔をしかめた。「若い男と遊んでる暇があるなら、ちゃっちゃとこっちの事件片づけてくださいね。わたしたちまで無駄足踏ませられるんですから」

「すいませんね。言われなくてもやりますよ」

「期待してます」

滝坂はテープの外へ出て、ハルの体を押しやるように人混みをかきわけて姿を消した。

「気の強いおばさんやな」

「気の強いおばさん同士で悪かったわね。別に向こうを庇《かば》うつもりはないけど、そうならなきゃこの歳まで女が警察官なんてやってらんないわよ。しかも言ってることは一理ある。早く事件解決しないと」

ブルーシートの内側に入り、遺体の横にしゃがみこんで手を合わせる。

今日は午後になって少し暖かくなっている。藍崎はプライベートだったのか、中はカシミヤのセーターでコートの前を開けていた。だがその左の脇腹が真っ赤に染まっている。

先着して荷物をあらためていた鑑識の瀬戸が免許証を差しだした。手袋を嵌めて受けとる。

藍崎裕二。間違いない。

「免許証は財布に入ってたの」

「そうです。現金もカードもそのまま残ってます」

「なくなったものはなにかありそう？」

「スマホが見あたりませんね」

あたしは宇月を見あげた。

「藍崎はスマホゲームに夢中だった。持ちあるかないなんて考えられない」

「犯人が持ちさったと見るべきやな」

「防カメの映像は」

あたしはまた瀬戸に訊いた。

大宮駅西口には、さいたま市街頭防犯カメラシステム運用基準に則《のっと》った防犯カメラが設置されている。大宮駅周りは県内でも最たる犯罪発生地点だ。

「今待機中です」

東口の車輌爆破事件のときは、あいにく防カメ映像から犯人特定には至らなかった。今回はどうだろう。

「蝶野、宇月」

大岸が入ってきた。曽根が女を連れて続く。洋服だがゆうべ藍ランドで会った藍崎瑠衣だった。

眉だけしっかり描いているがほぼすっぴんだ。

「……あなた」

瑠衣はあたしがゆうべの客だと気づいたんだろう。あたしは目だけで挨拶をした。

曽根が、瑠衣を遺体のそばまで連れていく。少し張っていた瑠衣の背中から力が抜けた。

「藍崎です。間違いありません」

「これから司法解剖にまわします。病院まで付き添っていただけますか。車が到着するまでもうしばらくお待ちください」

瑠衣は大岸の言葉に頷いた。大岸が曽根からあたしに視線を移す。顔をしかめる曽根から、あたしは瑠衣の手を取った。

「こちらへ」

「あなた、刑事さんだったんですね」

「ゆうべ言わなくてすみません」

瑠衣は首を振った。

「いちいちお客さんの職業なんて訊いてませんから別に——。藍崎は誰に殺されたんですか」

「犯人はまだ捜査中です」

あたしたちはブルーシートの外へ出た。隣につくられたもう一つのテントに入ると、近くのビルからの視線も排除できる。パイプ椅子を開いて瑠衣を座らせ、あたしも斜め前に座った。宇月はテントの入口に腕を組んで立つ。

「奥様、一時間ほど前、どちらにいらっしゃいましたか」

「自宅です」

「どなたかそれを証明できる方はいらっしゃいますか」

「藍崎が出かけていて一人でしたから誰も」

「もしかしたらのちほど詳しく事情をお伺いするかもしれません」

「わたしが藍崎を殺したってことですか。わたしも疑われているんでしょうか」

かすかに瑠衣の口調がきつくなる。

「少なくとも動機はあると思っています――失礼します」

あたしは瑠衣の腕を取り、本人が引くよりも早くその袖をまくり上げた。わずかだが見えた白い手首の内側に、赤紫色の濃い痣《あざ》があった。

「ゆうべも着物の袖口から少し見えたので気になっていたんです。奥様はもしかして、藍崎さんから暴力を受けていたんじゃありませんか」

「DVか」

宇月も覗きこんだ。瑠衣はとっさに腕を引き、宇月を強く睨んだ。

「DVなんて特別な言葉にする必要もない――ただの暴力ですよ。そうですよね」

瑠衣が言って、あたしに同意を求めた。

頷く。男と女だ。どんなに男女平等がうたわれたって、体格と力の差は歴然としている。どうしても敵わないことがある。

瑠衣はふうと息を吐いて袖口を直した。

「……殺したのはわたしじゃありませんよ」

どこかほっとした声音だった。

藍崎裕二の遺体と藍崎瑠衣を乗せたワゴン車が去っていくと、あたしたちは現場に戻った。鑑識課員や捜査員がだいぶ増えたが、みんなざわついている。


「なにか出たんですか」

「防カメの映像だ。署から届いた」

大岸が答える。

鑑識課員が持っていたタブレットに、捜査員がそれぞれ群がる。あたしたちもそこに交ざった。

長い薄手の——ベンチコートだろうか、フードをかぶった人物が、藍崎にしがみつくようにぶつかっている。

藍崎を刺した瞬間だ。

その人物は血で汚れたのかとっさにコートの前ファスナーを閉め、藍崎のコートの胸ポケットからなにかを抜きとると、カメラの画角からフレームアウトした。横顔はフードで見えないが、長い髪がはみ出している。

「最後にスマホを抜きとってるな。藍崎との体格差を見るに、女みたいだ」

大岸が言った。

これは。

宇月が手を挙げながらあたしを見る。同じことを考えたらしい。頷く。

「さっき園田ゆかりの自宅に行ったとき、これと同じようなベンチコートが掛けてあったんや。園田とこの動画の女の雰囲気も合致しとる」

あたしたちがさっき話を聴いたあと、園田は家を出たのか？　そして藍崎を刺した――。

「園田の自宅に行ってみます！」

あたしと宇月は同時に踵を返した。封鎖のテープをくぐって大宮駅のほうへ戻りかけて気づく。

ハルがいなくなっていた。


園田ゆかりは自宅に戻っているだろうか。本当に犯人だとしたら姿を消す可能性も充分にある。

「園田はなんで藍崎を刺したんだろう」

「恋人の三上を殺したのが藍崎で、その仇を討った、とか？」

「その線もありえるけど、あたしには園田にとって、三上がそんな大切な人には見えなかったの」

「まあ実際、未希が三上のことを好きやったのかって訊いても否定してたしな」

「楽にしてくれる――あのとき、園田はそう言った」

「楽ってどないな意味やろ」

「園田は三上といて、楽になれるほど気を許せたのかな」

生活が大変だった園田が本当に気を許せていたのなら、それは好きと同義語かもしれないけど。

タクシーで園田の暮らすアパートの前まで行き、急ぎ降りる。あとからほかの捜査員も駆けつける予定になっていた。

園田家の玄関ドアが少し開いていた。中から声が聞こえてくる。

「出頭すれば刑期だって短くなりますよ！」

この声は。

ハル。宇月に向かって唇だけ動かすと、宇月も頷いた。そっと中を覗いてみる。奥の部屋で、園田ゆかりとハルが向かいあって立っていた。園田はあのベンチコートを着たままだ。

「あたしは……」

園田の声が震える。

ハルが言葉をかぶせた。

「藍崎さんが刺されたって聞いたとき、真っ先に園田さんじゃないかって思いました。もう限界だったんですよね。藍崎さんのあの店がなにをしてたか、俺だって薄々気づいてました。藍崎さんは俺に、学生料金にしてやるから客にならないかって言ったこともあるし、なんなら女の子相手に客取らないかって冗談めかして言ったこともありましたから」

売春。あの話は事実だったのか。

ハルや園田の証言から、藍ランドを摘発できるかもしれない。あたしは耳をそばだてる。

宇月がスマホの録音ボタンを操作したが、綺麗に録音できるかは疑問だった。でもあたしがしっかり聞いている。

「水宙くんがいなくなって、三上さんも死んで、園田さんの糸が切れたんですよね。違いますか。園田さん、俺が付き添いますから、一緒に警察に行きましょう」

ハルからも事情を聴く必要がありそうだが、少なくとも園田が出頭すればそれにこしたことはない。

「張りつめた糸はどんどん細くなって、切れる前に手を伸ばさないと大変なことになるってわかってたのに、すみません。俺、助けてあげられなくて」

ハルにも糸が切れそうになる瞬間があるんだろうか。

糸が切れたとき、光と闇が入れかわる。

警察官になって三十年。そのあいだに罪を犯した人間をいったい何人見ただろう。計画的に事件を起こす人間はそういるものじゃない。大抵はなにかの弾みに糸が切れて、我を見失う。

あたしの糸は遥希が死んでから張りつめたままだ。いつかぷつんと切れそうなほどに摩耗しているけれど、犯人を捕まえるまではけっして切れない。

糸が切れたときは、あたしが辞表を出すときだ。

外の冷気が、まるで氷の糸のように園田家の中にも張りめぐらされている。けれどその糸はところどころ切れて、たれさがっている――。

中へ踏みこもうとする宇月の腕を、あたしは摑んで引きとめた。もう少し待って。

「……ハルくんになにがわかるっていうの。全部、水宙を病弱に産んだあたしのせいなのに」

「なんですか、それ。なんの関係があるんですか。水宙くんの病気は園田さんのせいじゃないですよね。誰かにそんなこと言われたんですか」

「みんな思ってたわよ。それで言ってた。無責任に……水宙が可哀想《かわいそう》な子供だって。病弱で可哀想。外に出られなくて可哀想。水宙を一人で育ててるあたしが可哀想。生活が大変そうで可哀想。男に逃げられて可哀想。――ハルくんだって、あたしたちを可哀想な親子だって思ってたでしょ」

一瞬ハルは言葉に詰まった。

思ってた、のだ。

病院と自宅を行き来している子供とシングルマザー。小さなテレビがあるだけの狭い家で暮らす二人の親子。

どうしたって憐れむ気持を持つはずだ。あたしだって。

堺花音の言葉が甦《よみがえ》る。

——今幸せなんです。この幸せを壊さないでください。

あの白い戸建てはこの古びたアパートと全然違う。日あたりもよくて留《とど》まる空気すら違う。幸せは誰にでも平等に与えられるものじゃない。

堺花音もそれをよくわかっていた。堺も、もとはこんな生活をしていたのだろうか。

「みんな無責任に、せめて水宙がいなければ、あたしだってもっとまともな生活を送れたのにって」

「まともって——誰がそんなことを言ったんですか」

「三上も藍崎も、みんな言ってた。藍ランドの子たちも、あたしを買った男たちも、子供がいなければもっと楽に暮らせたのにって……」

「俺は言ってませんよ。だって園田さん、水宙くんの話をするときはとっても楽しそうだったじゃないですか。病院から戻ってくる日はいつも笑ってましたよね」

はっと、園田の動きが止まった。

「あたし——楽しそうだった？」

「楽しそうでしたよ。だから俺、園田さんは水宙くんのことが大好きだってわかってました」

「大好き——」

突然、園田は言葉を詰まらせた。とっさに俯いたその肩に、ハルが手を乗せる。

「園田さん、本当は藍崎さんの店で働きたかったわけじゃないですよね。あんな」

「魔がさしたの……魔がさしただけなの。でも後悔してる。三上の――あんな男の口車に乗せられて」

「藍崎さんの店で働くように勧めたのは三上さんだったんですか」

「違う。あたしは、三上に払ったお金を返すために藍崎の店に売られただけ。藍崎もそれが目的であたしにお金を貸してくれてた。三上は最初から、藍崎からもらう紹介料が目的であたしに……」

「園田はなんの話をしてるんやろな」

宇月が小声で言った。あたしは宇月の腕を摑んだまま、じっと二人の様子を見つめている。

「三上さんに払ったお金って――なんだったんですか」

ハルもなにか察したのだろう。声が緊張をはらんだ。

「……報酬」

「なんの」

「あの日、三日前から熱を出してたの。看病してたあたしは全然眠ってなくて、意識が朦朧《もうろう》としてた」園田水宙の話か？「疲れて、もう駄目だって思ったときに三上が来た……。三上は笑って――水宙さえいなければもっと楽だよって言ったの。それが、あのときのあたしには天使の声に聞こえた」

宇月があたしの手を外し、逆に腕を摑んできた。まるであたしをここに押しとどめるかのように。心臓の音が大きくなって、園田ゆかりの消えいりそうな声が聞こえなくなった。そんな馬鹿な。

全身全霊を傾けて、耳をすます。

「本当は悪魔の囁《ささや》きだったの。あの夜、水宙はおやすみって言った。二度と目覚めないなんて思わなかったはず」

「どういうことですか。まさか――三上さんが、水宙くんを」

体が動かなかった。

三上秀明。うちの息子を、遥希を送った葬儀屋が、まさか。

「昔殺された子供を知ってるって。もしばれそうになってもあのときの刑事に言ったら揉《も》みけしてもらえるって」

なんの、話。

「棺に入れてドライアイスを詰めればそれで終わるって……」

「でも死亡診断書とか」

「藍崎の店で働いて借金を少しずつでも返すって言えば、知りあいの、競輪仲間の医者に書いてもらえるって……」

あたしの手が震えはじめたのが、宇月には伝わっているはずだ。

「水宙がいなくなって、一人になって、楽になるはずだったのになにも変わらない。それどころか毎晩あの子を思いだして涙が溢れてくるの。お店に出る気力もなくなって……でも藍崎は、まだ借金が残ってるって」

園田は両手で顔を覆い、壁に背をつけてずるずるとしゃがみこんだ。

「いまさら普通の生活になんて戻れない。藍崎は三上のしたことも知ってた。あたしが借金を踏みたおして店を辞めたら全部ばらすって。ほかの仕事をして借金を返すって言っても駄目だった。もう、まともな生活もまともな仕事もできない。そう、水宙を殺すことを選んだあたしが――まともな人生なんてどうせ送れない」

殺す――園田ゆかりが、選んだ。

三上秀明が、殺した。

園田水宙を。

「だから、藍崎さんを刺したんですか」

ハルは偉い。こんなときでもちゃんとしている。あたしよりもずっと、まるで刑事みたいだ。

「藍崎は……死んだ？」

ハルは頷いた。

「遺体が運ばれていくのを見ました」

園田はのろのろと壁に手をついて立ちあがった。こちらに近づいてきたのであたしたちはドアを少し閉じた。細い隙間から中を窺《うかが》う。

玄関脇のシンクで、園田は包丁を手に取った。

「水宙も藍崎も殺した。こんな人生、もう終わりにしたほうがいい。あたしなんてもう死んだほうがいいの……」

「待って！」

ハルがあわてて園田に駆けよった。

「邪魔しないで！」

園田が突然包丁を振りまわす。あたしはとっさに宇月の手を振りはらい、家の中に飛びこんだ。

「ハル、危ない！　近づいちゃ駄目！」

「未希さん！」

ハルが園田を止めようと手を伸ばしたそのあいだに、あたしは割りこんだ。

「未希！」

宇月の声が聞こえたのと、脇腹に熱を感じたのはほぼ同時だった。

園田に抱きつくようにしてその右手に手を添え、包丁を押さえつける。

なにか硬い音がして、見ると、床を懐中時計が転がっていった。

いつのまにか握りしめていた、あたしの時計。

遥希。

熱い。——寒い。

「未希、しっかりせいや！　未希！」

あたしは園田もろとも床に崩れおちた。体から力が抜けていきそうになる。

「ハル、救急車呼べ！」

「大丈夫……そんなに騒がなくていい」

意識はしっかりしている。傷は浅い。

痛い。それでも。

あたしはまだ死ねない。

血のついた懐中時計は針が止まったまま枕許《まくらもと》に置いてあった。

いつのまに血が床に滴ったのか、それほどの傷だったのか。自覚がないまま天井を見あげてぼんやりしていると、ノックの音がしてドアが開かれた。

「具合はどうや」

宇月が入ってくる。すぐうしろにハルもいた。

「大丈夫。今はまだ鎮痛剤が効いていて痛みもない。ただの掠り傷よ」

「んなわけあるかい。えらい血ぃ出とったで」やっぱりそうだったのか。「今夜は入院せなあかんのやろ」

「でも命に関わる怪我じゃないから、一晩様子見で入院するだけ。園田ゆかりの持ってた包丁は、結局急所を外してたからね」

「明日には退院するってごねたんやろが」ばれている。「無理はすな」

宇月は丸椅子を二つ持ってきて、自分とハルとで座った。あたしはベッドを操作して上半身を少し起こす。

「なによ宇月。こんなところにいていいの」

「今夜は大丈夫や。園田ゆかりは傷害の現行犯で俺が逮捕したあと、後続部隊が園田の家にあった藍崎のスマホも回収して、今分析中や。俺はちゃんと夜の捜査会議まで顔を出してきたんやで。あ、藍崎瑠衣には見張りがついたし、藍ランドは今夜は臨時休業になっとる。ハルも事情聴取が終わったさかい、あとで俺の車で送ってくわ」

「俺、今夜はここにいていいかな」

少し萎《しお》れているハルがそう呟いた。

「なに言うとんねん、駄目に決まっとるやろ」

「疲れた顔をしてる。ハル、帰ったほうがいいよ」

「でも――ごめん、未希さん。俺があのときちゃんと園田さんを押さえられていたらこんなことにはならなかったのに」

「民間人にそんなこと期待してなかったし、さっきも言ったけど明日には退院できるんだってば。出血は多かったかもしれないけど、ほらあたし血の気が多いし全然大丈夫だから」

「ハル。いくらアラフィフでも未希は女やからな。おまえがいるなら俺だってここに残ってくわ」

「あたしより年上の宇月までなに言ってるのよ。二人ともさっさと帰っていいから」

宇月と顔を見あわせて笑う。ハルだけがまだ体を小さく縮こまらせていた。

一般人に悪いことをしてしまったと思いつつ、ひとまわり小さくなったようなハルは可愛《かわい》かった。手さえ届くならその髪をくしゃくしゃと撫でてあげたい。

「そういや未希、隼人にも連絡入っとるはずや。一応未希の緊急連絡先は隼人になっとるはずやから」

「それは仕方ないな。隼人は来ないと思うけど」

「俺は来ると思うわ。賭けるか」

あたしは宇月を睨みつけた。

「警察官が率先して賭けごとしようとするんじゃないの。隼人は来ないわよ。それよりハル」

かすかに声をひそめる。

「園田ゆかりさんの言葉を覚えてる？　三上さんが、昔殺された子供を知ってる、だからまた殺してもあのときの刑事に言えば揉みけしてもらえる、みたいなことを話してたわよね」

　ハルは少し目を見ひらいた。

「そういえばそんなこと言ってた……」

「事情聴取で言わなかった？　宇月も？」

「園田ゆかり、そんなこと言ってたかいな。あのときは未希が飛びだしていくんやないかってひやひやしてて、むしろそっちに気を取られてあんまり聞いてなかったわ」

「県警捜査一課がなにやってんの」

「ほんまに未希は飛びだしていったやないか」

「そりゃそうだけど。あの録音は？」

「園田の声がちっさすぎたのと雑音多くて駄目だった」

「やっぱりね。でもちょうどよかった。この話を捜査本部に上げるの、ちょっと待ってくれる？」

「なんでや。──未希、まさか」

　宇月が顔を引きしめる。あたしは逆に空気を和らげるように笑った。

「他意はない。ちょっと気になるから調べたいだけ」

「そんならええけど」

「俺はいいよ」しばらく考えたのち、ハルが笑った。「その代わり、捜査同行させてよ。警察関係者しか入れないところはもちろん入れなくていいし、事件の詳細も聞いたりしないから。毎日未希さんや宇月さんと一緒に行動するだけでいいんだ。なんなら運転手する」

「まさか若葉マークじゃないでしょうね」

「二か月前に取れたばっかり」

宇月が苦笑した。

「いざとなったら赤色灯載っける車を、民間人に運転させられるわけないやろ」

「ハル。前にも言ったけど、卒論で事件が特定できるような書き方をするのは絶対駄目だからね」

「もちろんわかってるよ」

「未希」

「宇月、それならいいでしょ。ごめん、目を瞑《つむ》って。なんなら宇月とあたし、別行動でもいいから」

三上の言葉を、今、捜査本部に上げるわけにはいかない。そんな気がしていた。そのためにはどうしてもハルの条件を呑《の》むしかなかった。——それだけのことだ。

宇月は思いきり顔をしかめ、目を閉じた。

「別行動なんてするわけないやろ。未希と若い男を二人きりにさせられるかいな」

「ハル一人くらい簡単に捻《ひね》りたおせるけど」

「そういう問題やない。ハル、運転手はNGやけど、黙って後部座席に座ってるだけなら目を瞑るわ」

「やった。未希さん、宇月さん、ありがとう」

「ほかの人間には絶対内緒やで。まったく。ちょっとトイレ行ってくるわ。ハル、そこから一歩も動かんように。未希に近づいたら許さへんからな」

宇月は立ちあがって病室を出ていった。

「宇月さんて未希さんに甘いよね」

「やっぱりそう思う？」

「すっごく思う」

あたしはその甘さに甘えてる。ごめんね、と心の中で宇月に謝った。

「ねえ未希さん。その時計だけど」

ハルが枕許の時計に視線を向けた。

「これ？　きのう電池交換した時計。さっき落とした拍子にまた止まっちゃった。修理しながら使ってるんだけど、そろそろ寿命なのかな」

わざと明るく言うと、ハルは逆に笑みを消した。

「どうしたの」

「その懐中時計――」ハルは声をひそめた。「未希さんにだけ言うよ。俺、それと同じ時計を見たことがあるんだ」

あたしも真顔になる。

どういうこと。

訊きかえそうとしたとき、病室のドアが開いて宇月がもう戻ってきた。

「宇月さん、トイレ早いよ」

ハルが口調をがらりと変えて笑った。今までの雰囲気はまるでない。宇月には聞かれたくない話なのか。

「未希とハル、長いこと二人きりにしたくないやろ。頑張って出してきたんや」

「もうどうでもいいから二人とも帰ってよ。あたしは今夜は本当に念のため入院してるだけで、全然大丈夫なんだから」

「てなわけで、ハル、帰れや」

「宇月もよ」

「宇月さん、俺を送ってくれるんじゃないの」

「やっぱり心配やから、一晩未希についてようかと」

「絶対やめて。ここ完全看護だからね。看護師さんに怒られる」

笑いながら、けれどそんな自分を冷静に見ているもう一人の自分がいた。

その自分は考えていた。さっきのハルの台詞《せりふ》。同じ時計を見たことがある——。

この時計は、この世に三つしかない。遥希と隼人とあたし。

それぞれチェーンに誕生石がついて、蓋の裏には三人の名前が彫られている。

けれど遥希の時計は、遺骨と一緒に埋めてある。とすると、隼人の時計を見たんだろうか。いつ、どこで。

もしも隼人の時計だとしたら、それはどんな意味を持つんだろう。

ハルの勘違いなのか、それとも。

その冬一番の雪が降った日だった。

テレビもラジオも積雪情報を常に流し、交通ダイヤは乱れていると報じていた。どこそこで怪我人が出たとか、警察にもひっきりなしに電話がかかってきた。

十七年前、北大宮を通る路線は、まだ東武アーバンパークラインなんて愛称ではなく、東武野田《のだ》線と呼ばれていた。

隣の大宮駅が新幹線停車駅という大きなターミナル駅なのに、一つ離れた北大宮は住宅街にある小さな駅なのは今と変わらない。

今でこそだいぶ建て替えも進んだが、当時は廃墟《はいきょ》といったほうがいい古い建物が点在し、小学生の遊び場や地元の不良のたまり場になっていた。

そのうちの一か所の工場跡地で事件は起きた。

たむろしていた中学生たちが、冷蔵庫の中から小学生の子供を発見した。いつもは開けない冷蔵庫だったが、たまたま世話を頼まれて一緒にいた親戚の子供がなにか声が聞こえると言ったそうだ。

発見された男子児童は病院に緊急搬送される。身許は着衣に学校名と名前の入った名札がついていたのですぐに判明した。

町岡遥希。

父親の町岡隼人は大宮署刑事課の刑事。母親の町岡未希——あたし——は、大宮西署地域課の交番勤務。どちらも警察官だった。

病院に真っ先に駆けつけたのは、続く事件で忙しかったはずの隼人だった。あたしはちょうどシフトが入っていて、雪の中、近所で起きた窃盗事件に向かっていた。

——いや。

そんな理由はあとづけだ。本当はなんとでもなったと思う。

あたしには、園田ゆかりの気持がわかる。夫婦揃っていてもこれだ。頼る人間のいないシングルマザーはどれほど心細いだろう。

集合住宅で、赤ん坊が夜泣きすればほかの部屋に迷惑をかける。保育園に入ってもひょんなことで熱を出すし病児保育は人数に制限がある。かと言って少しでも熱があれば保育園に預かってもらうことも難しい。小学校に上がっても学童の迎えがある。保護者は学校に呼びだされたら仕事を切りあげて帰らなきゃならない。自分が周囲へかける迷惑と自身の焦りが積みかさなっていく。

ただでさえ忙しい雪の夜。あの日は、あたしが持ち場を離れたくなかった。

小さな子供のいる若い女の警察官。

もっと事務方の部署に行けばいいのに。面と向かって言われたこともある。夫婦揃って警察官なんてありえないと。女は自分のことしか考えないからと。同じ仕事をしている男はなにも言われないのに。

男社会で、時間も不規則で危険。なんでこんな仕事にしがみついているんだろう。自分でもそう思いながら、負けたくなくて逆に精一杯働いた。警察官になりたかった過去の自分を否定したくなかった。突発で休むことが多い分、ほかの巡査の穴埋めをすることもあった。酔っ払い同士の喧嘩だろうが人が刺された事件だろうが、とにかく真っ先に現着したかった。女だから。そんな言葉は誰にも言わせない。女扱いもされたくない。オネエチャン、なんてからかわれたくない。

今ならわかる。

女は歳をとっても女だからと言われるのだ。

若いころはオネエチャンと馬鹿にされ、歳をとるとオバチャンと馬鹿にされる。

だから女である自分と適度につきあっていかなきゃならないのだ。

若いときにはそんなことわからない。女扱いだけでもうんざりしていたのに母親扱いまでされて、なにくそとがむしゃらだった。

隼人はあたしに働きすぎだと言っていた。

もっと隼人や遥希のために家事や育児に専念したらどうか。当時のあたしにはそんなふうに聞こえていたがそうじゃない。隼人はただあたしを心配していた。いつか折れるんじゃないか。そんなふうに見えていたのだと思う。

川越で妹夫婦と暮らすあたしの母親に来てもらったらどうか。そんな話も持ちあがっていた。行田に住む隼人の母に来てもらうという話も出たが、曖昧に濁していた。

弱音は吐きたくなかった。隼人にさえ、駄目な自分を見せたくなかった。

弱い存在だったあたし。でも弱さを認めたくなかった。本当なら誰かに頼っていい立場だった。頼る人もいた。なにより隼人がそばにいたのに、あたしはそれでも頼れなかった。

もしも。

もしもあの日、家にどちらかの母親がいたら、外に遊びに行こうとする遥希を雪だからと止めてくれたかもしれない。

何度そう考えただろう。そのたびに吐き気が咽喉許《のどもと》まで込みあげてくる。

遥希が事件に巻きこまれたという報《しら》せがあり、けれど隼人が病院に向かってくれたと聞いて少し安心した。これであたしは帰らなくても大丈夫。隼人がいれば、きっと大丈夫。

その隼人から夜になって電話が来た。

遥希は死んだ。

上司に早く行けと急《せ》かされるまま、病院に向かった。

病院で会った隼人は、遥希が死んだなんて嘘だと言ってくれなかった。

隼人は大宮署刑事課の捜査員として、この事件の捜査のために現場に戻っていった。朝まで解決せずに捜査本部が立ったら被害者の身内の自分は捜査から外される。その前に犯人を捕まえたい、そう言って。

なにが現実かよくわからないまま霊安室に連れていかれたあたしは、いつのまにか倒れたらしい。数時間で目が覚めたはずだが、それから三日ばかり大半の記憶が抜けおちている。遥希の葬儀もほとんど覚えていない。だから三上秀明という男のこともあまり記憶にない。

隼人は言ったとおりに捜査から外され、忌引休暇を取得してあたしのそばにいた。

遥希はいつも近所の同級生二人と遊んでいた。蜂屋《はちや》亮《りよう》と窪《くぼ》哲志《てつし》。あの日も三人一緒で、その遊び場が件の廃工場だった。

けれどあの日、三人が別れたあと、遥希は何者かに冷蔵庫に閉じこめられ、一旦家に帰ったという蜂屋亮は夜にまた出かけてそのまま行方不明になった。

もう一人の窪はショックで一時的に口がきけなくなり、心神喪失状態だった。しばらくして遥希を冷蔵庫に閉じこめたのは大人の男だったと証言したのち、親の都合——都合をつけたのか——で、海外移住したという噂だ。その後は知らない。

殺人も誘拐もその男が犯人と言われているがいまだに手がかりはない。

運が悪かったと園田ゆかりは言った。

運なんて言葉で片づけたくなかった。

運じゃない。事件は人が起こすのだ。

◆

離婚届を出していない以上配偶者という続柄は変わらず、未希になにかあったら隼人に連絡が入る。

未希が刺されたと聞いたときには驚いたが、命に別状はなく今夜一晩だけ入院すると言う。刺した犯人は女で、その場で取りおさえられたそうだ。未希は油断したか。

仕事が終わってから隼人は閉店間際の花屋に駆けこみ、病院へ向かった。花にそれほど詳しくない隼人だが、唯一遥希の記憶に繋がる花だけは別だった。

病院に到着したのは遅かったが、未希の名札がついた個室からは笑い声が聞こえていた。一人は宇月――と、もう一人はあのハルという青年だった。いったいなぜここにいるのだろう。

ハルという名前は遥希を思いおこさせる。未希だってわかっているはずだ。

未希はまだ、遥希の事件を諦めていない。

明日がなんの日かもきっと覚えている。一月二十二日。遥希の命日だ。

いつになったら諦めるのか。隼人は待っていて。けれど。

――あの日泣いていた遥希のために、あたしは犯人を見つけなきゃならない。

未希が泣きながらそう言ったのは、遥希の一周忌の直後だった。隼人が浦和署の交通課へ異動になったときだ。大宮署刑事課からの異動。それは、隼人が遥希の事件から距離を置く、ということだ。

しかも隼人自身が異動願を出したと知って、未希は責めた。

――それならあたしが刑事になる。遥希をあんな目に遭《あ》わせた男を絶対に捕まえる。

身内の事件の捜査には関わらせてもらえない。そんなことは未希にだってわかっていた。それでも諦めようとしなかった。

遥希を助けられなかった自分を責めるように。

そして家を出ていった。

十六年が経ち、遥希の事件以降歪《ゆが》んでいた隼人と未希の関係は、一旦保留になったかに見えた。けれどこのままでいいわけがない。

隼人はリュックから一通の封筒を取りだして、花と一緒にドアの前に置いた。

そのとき、また宇月の笑い声が聞こえてきた。未希の声も交じる。

未希は隼人がいなくてもやっていける。

警察学校で同期だった宇月朋之は、隼人が警察官になりたいと思うきっかけになった男の息子だった。宇月の父親もまた警察官だった。

宇月は父親によく似た面倒見のいい警察官になった。未希のそばに宇月がいてくれるなら心強い。できればこの先も、宇月が未希を守ってくれるように。

そう願っているのに。

結局封筒はまたリュックにしまいこむ。花束だけを置いて、隼人はその場を立ちさった。

第四章

寒い。

赤いスマホを握りしめる。
電話はかかってこない。

昔遊んだ大宮公園の中央には三角柱の時計塔が建っている。
小動物園はこの寒さで開いていない。
児童遊園地の乗り物も動いていない。
野球場もサッカー場も閉まっている。
人もまばらな公園で、時計だけは動きつづけている。

かち　かち　かち。

あの廃工場にも時計があった。
家から電池を持ってきて入れかえたら動きはじめた。
かち　かち。

自分がはじめて直した時計だ。

嬉しかった。


大宮駅へ行って東口ロータリーの時計台を見あげる。このあいだ車を爆破させた場所だ。駅コンコースの人混みをかきわけ、構内にある時計を確認する。

まだ足りない。

歩道橋を渡り、そごう前の大時計を見あげる。以前は一時間ごとに時計盤の中から人形が現れて音楽を奏でていたのに、今は鐘のような音だけが鳴るからくり時計。壊れた時計。

自分には直せない時計。

まだだ。もっと。

今日は時計が足りない日だ。


視界が揺れる。


目の前を通りすぎていく人波。

〈あいつ〉の目印は黒いコートだ。

早く見つけないと。

早く殺さないと。

夜になる前に。コートが闇に溶ける前に。闇に閉じこめられる前に。

◆

薄いカーテン越しに朝日が射しこむ。

あたしは上半身を起こした。体が温かい。暖房は切ったのに、いつもはかけない布団をかけて寝ていたせいか。

なのに厭な夢を見た。ときどき見る悪夢だ。

今日は一月二十二日。遥希の命日だからか。

早く犯人を見つけてと遥希が叫んでいるのか。

頭を振ってベッドを降りる。伸びをすると一瞬脇腹が痛んで思わずしゃがんでしまったが、無理さえしなければ大丈夫だ。

テレビ台に手をかけて立ちあがろうとしたとき、視界に花束が入ってきた。

ゆうべ看護師が持ってきた。ドアの前に置いてあったらしい。白いパラフィン紙に包まれた赤い花だった。

「その花、俺たちが帰るときから置いてあったで」

声がして、ドアのほうを見ると、いつのまにか宇月が立っていた。

「おはよう。早いね」

病室に入ってくる。

「おはよう。ゆうべハルは送ってったで。俺は病院の駐車場で車中泊や。なんや心配やったしな」

「あたしのことなら大丈夫なのに。でもありがとう」

ゆうべは泊まる泊まらないで宇月とハルで揉めたあげく、看護師に怒られて二人とも病室を追いだされた。思いだし笑いをしながら、あたしはその花束を手に取った。

「隼人が持って来たんやろ。なんの花や」

「……アネモネ。あたしの好きな花なの」

「そうなんか。未希の好きな花なんてはじめて知ったわ」

「遥希が生まれたときにね、病院の花壇に咲いてたの。はじめて遥希を抱いて隼人と三人で外に出た日に、この花を見て遥希が手を伸ばして笑ったんだ」

遥希の命日の前夜、隼人はどんな想《おも》いでここに来たんだろう。

「もう元気なんですか」

ふいに別の声が聞こえて、見ると、滝坂有砂の姿もあった。

「滝坂さん。わざわざ来てくれたんですか。ありがとうござ――」

「わたしの自宅はこの病院から近いですからね。今ドライアイス連続殺人事件と類似の犯行は起きてないし捜査も停滞しているので暇に見られたのか、そちらの捜査本部から伝言預かってきたんですよ。体調に問題がなければ園田ゆかりの聴取を頼みたいそうです」

あたしのお礼は半分ぶった切られた。が。

「わざわざそれだけのために？」

一瞬、滝坂は視線を泳がせた。

「この聴取、断ったほうがいいんじゃないですか」

「なぜですか」

「……辛い話だと思っただけですよ」

あたしが子供を亡くしていることは、刑事課の人間なら誰もが知っている。

「お気遣いありがとうございます。でも大丈夫。やりますよ」

「そう言うと思いましたけど」

滝坂は少し気まずそうに視線をそらした。進展がなくてもドライアイス連続殺人事件の捜査員は、車輌爆破事件の本部にも顔を出している。暇なはずがない。意外と気を遣ってくれているのかもしれない。

園田ゆかりが藍崎裕二を刺した件には、三上秀明の名前もなんらかの形で出てくるはずだ。今まで葬儀社なんて気にしていなかった。でも、三上は遥希の事件となにも関係ないんだろうか。遥希を冷蔵庫に閉じこめ、蜂屋亮を誘拐した男の存在と本当に無関係なんだろうか。

三上が口にした〈昔殺された子供〉と〈あのときの刑事〉とはいったいなんの話なのか。

それは遥希の事件に関係しているのかいないのか確かめたかった。


滝坂も一緒に宇月の車で署に向かうと、捜査本部はばたついていた。会議室に入っていくと大岸に呼ばれる。

「ちょうどいいところに来た。蝶野、具合は大丈夫か」

「ご心配をおかけしました。普通に動く分にはなにも問題ありません」

「そいつはよかった。それなら蝶野と宇月で、任意で引っ張ってきた男の事情聴取を頼みたいんだが」

「園田ゆかりじゃないんですか」

「その前にもう一人ねじこんだ。滝坂さん、園田と一緒に隣の部屋からその聴取見ててもらえますか。俺もあとから行きますから。すいませんね、人手が足りなくて」

文句を言おうとする滝坂よりも先に、あたしは訊いた。

「誰の事情聴取なんですか」

「一ノ瀬康。園田ゆかりの前夫だ。園田水宙の父親で、園田ゆかりが藍崎裕二のほかに園田水宙も殺したと言ってる以上話を聴かないわけにはいかないからな。ほら、これが今朝の捜査会議で配られた一ノ瀬康の経歴だ」

資料を渡される。

一ノ瀬康。三十一歳。さいたま市南区在住。だだっ広いさいたま市の中で一番東京寄りだ。

現在無職。近隣の戸田や川口の町工場のような社名が経歴にはいくつか並んでいるが、どれも長続きしていない。園田ゆかりとは二十六歳のときに結婚したが、すぐに別の女性と浮気。今はその女性とは別れて違う女性と暮らしている。

大雑把に頭に入れて宇月と取調室に入る。最初にあたしを見てへらっと笑いかけた一ノ瀬は、うしろに続く大柄な宇月にその笑顔を引きつらせた。

襟ぐりの伸びた、けれど若者に人気のブランドのTシャツにジーパン。痩せていて、こころもち斜めに座っているが、癖なのか上半身が常にかすかに揺れている。重心が定まらない。顔はそれなりに二枚目だが落ちつかない男だ。

机を挟んで向かいにあたし、横に宇月がノートパソコンを開いて座る。あたしのうしろにはマジックミラーがあって隣の部屋に続いていた。園田ゆかりはそちらにいるはずだ。

「あのぉ、俺やっぱ帰りたいんだけど。これって任意でしょ。俺が帰りたいっつったら帰してもらえるんだよね」

宇月にけっして視線を向けず、あたしに向かって嗤う。こちらを舐めてかかるならとことん舐めていい。あたしは笑顔をつくった。

「帰しますよ。でも一度だけでいいので話を聴かせてくださいね。園田ゆかりさんとは最近会われましたか」

「全然会ってねえよ。だから最近のゆかりのことはなにも知らねえんだ」

「一番最後に会ったのはいつですか」

「偶然……赤羽《あかばね》で。去年だったかな。ゆかりが水宙を連れてて。ゆかりに気づいてやべえって思ったときには、向こうもこっちに気づいてて」

「なんでやべえって思ったんですか」

「だってそうだろ。俺はゆかりを捨ててんだから」

「なんで捨てたんでしょうか」

「だってもともと結婚する気なんてなかったんだ」緩く嗤いながら言う。「それが運悪くガキができちまってさ。俺はもっと遊んでたかったんだよ。しかも生まれたガキが体弱いからなのかなんなのか、ずっと泣いてて眠れねえわ、隣近所から苦情言われるわでたまったもんじゃねえだろ」

「子供は夜泣きするものですけど、それで捨てたんですか」

「だって俺は眠りたかったんだからさ」

「あなたがいなくなって、園田ゆかりさんと水宙くんがどうなるか考えていなかったんですか」

「別にそんなのゆかりの人生だしさ。なあ。あいつが男を刺したってのはほんとなのかよ」

「捜査中です」

「水宙を殺したってのは」

「同じくです」

「でも俺は無関係だよ。水宙が死んだってのも刑事さんから聞いてはじめて知ったんだ」

「赤羽で会ったとき、水宙くんとは話しましたか」

「話すどころじゃなかったよ。俺のこと怖がるみたいにゆかりのうしろに隠れちまってさ。痩せっぽちで五歳には見えなかったし……いや、四つだったかな」

「園田さんとはどうですか」

「慰謝料払えって言われたよ」

「払ってないんですか」

「だって俺がゆかりのところを出ていったのなんて何年前だよ。もう時効じゃねえか。第一女と別れるたびに慰謝料なんか払えるかっつうの」

「一ノ瀬さんと園田さんはご結婚されてたわけですから、慰謝料が発生するのは当然だと思いますが」

「迷惑食らったのはこっちだって。俺が慰謝料欲しいくらいだ」

「残された二人が生活に困ると考えたことはなかったんですか」

一ノ瀬が家を出ず、まともに働いていたら、園田ゆかりは今も水宙と笑っていたかもしれない。三上の言葉に乗せられることもなく、藍崎や西条金融から金を借りることもなく――そもそもみかみセレモニーで働くこともなかった可能性だって大きい。

だが一ノ瀬は、そんなこと考えもしないようだった。

「俺だってゆかりが働けなくなったから生活に困ったんだ。同じことだろ」

「水宙くんがいなくなったらまた二人で暮らせる。そう思いませんでしたか。たとえば園田さんが水宙くんを殺すように、あなたが仕向けたとか」

「そ、そんなことするかよ！　水宙はゆかりが殺したんだろ、あの鬼女！」

あわてたように一ノ瀬が叫ぶ。人殺しなんてできそうな男じゃない。

あたしは平然と、三上秀明の写真を机の上に置いた。一ノ瀬が覗きこむ。

「誰だよ。ゆかりの新しい男か」

当たらずとも遠からずだが。

「この男を知りませんか」

「だから知らねえよ」

本当らしい。宇月と目配せをする。

「園田さんは消費者金融でお金も借りていました。水宙くんの病院の支払いも滞っていたそうです」

「知らねえっつうの。二人で死ねばよかったじゃねえか」

マジックミラーの向こう側から、園田が見ている。いけないとは思いつつ。

「――どの面下げてそんなこと言えるわけ」丁寧語を消した。「あんたが真面目に働いてればこんなことにはならなかったんじゃないの」

一ノ瀬は一瞬怯《ひる》んだ顔を見せたが、すぐに言いかえしてきた。

「それはこっちの台詞だ。ゆかりのせいで俺が悪者みたいになって特定されて、浮気した馬鹿夫とか書かれてSNSで写真まで出まわってんだぞ！」

「浮気した馬鹿夫？　本当じゃない」

言うと、宇月が吹きだした。一ノ瀬がやっとまともに宇月を睨む。けれどそれでも宇月に喧嘩を売る気はないらしく、すぐあたしに視線を戻した。

「なんだと、このババア」

「ババアでもオバサンでも、馬鹿夫よりはましよね」

「なんだと！」

手が伸びてくる。あたしの胸ぐらを摑んだその手首を、あたしは逆に摑んでやった。一ノ瀬の顔色が変わる。

「先に手を出したのはそちらよ。忠告するけど、女はみんな自分より弱いなんて思わないほうがいい。悪いけどあたしはあんたよりも園田さんの味方をする」

「くそ……っ」もがくが、あたしは離さない。「人殺しじゃねえか。警察が人殺しの味方していいのかよ」

「人を殺す殺さないの限界値を園田さんは見たのよ。彼女は弱いなりに必死だった。そんな園田さんは、あんたみたいな男にはもったいない」

あたしはやっと手を離してやった。

「もう帰っていいわよ。この事件のお蔭でどうせ今の女にも捨てられたんでしょ。早く次の馬鹿女を探せばいい。馬鹿男には馬鹿女がお似合いよ」

あたしが言うと、すぐに取調室のドアが開かれた。

大岸が立って、あたしに嚙みつきたそうな顔を見せる。一緒にいた曽根が一ノ瀬の腕を引いた。

あたしは宇月とハイタッチをして、廊下へ出る。

隣のドアから滝坂と園田ゆかりが出てきた。園田は長い髪をうしろで一つにまとめていた。

滝坂が呆れたように言う。

「蝶野さんがぶち切れてどうするんですか」

「そうですよねえ。わかってたんですけど、ちょっと言ってやりたくなって」

「こちらの事情聴取は一旦落ちついてからのほうがよさそうですね」

園田ゆかりに視線を向ける。園田は目を赤くしていた。あたしの一ノ瀬康への事情聴取のせいだとしたら、少し申しわけなく思う。

「行きましょう」

園田ゆかりの背中に手を当てて促す滝坂の腕を、逆に園田が摑んだ。足を止めて、あたしのほうを見る。

「一瞬でも――水宙がいなくなれば楽になれるって思ったのはあたし。藍崎を刺したのもあたし。でも三上は殺してません。殺そうなんて思わなかったんです」

「三上さんは、あなたを楽にしてくれたんですよね」

「三上の目的はただ金でした。そんなことわかってた。でも水宙を殺してって、最後にはあたしが言ったんです。後悔してるけど……こんな気持、きっと誰にもわからないですよね」

「そんなことない。少しわかる」

あたしは吐息交じりに言った。えっ、と園田が少し目を見ひらく。

「家賃が払えないとか病院代がないとかそんな経験はないけど、あたしも子供がいたから。職場に迷惑かけて、近所に迷惑かけて、母親なら一度くらい——ほんのちょっとくらい……ううん、結構、我が子を疎んじることってあるんじゃないかな。どう思います、滝坂さん」

水を向けると、滝坂も小さく頷いた。

「正直わかりますよ。わたしだって母親ですからね。特に子供が小さいときの育児は育休中でも大変でしたし」

「ですよね。それに」

あたしは笑みを消した。

「あたしも子供を亡くしてるの。だからあなたの後悔はよくわかる。血を吐くほど後悔してもしきれない——そんな、あなたの気持が」

園田はかすかに目をそむけ、けれど滝坂に促されるまでじっと立ちつくしていた。


休憩室のカレンダーの前に立つ。

今日は一月二十二日。心を塞ぐ日付だった。

「なんか買えば。これ使ってええで」

コインケースが飛んでくる。キャッチして蓋を開けた。

Saitama Prefectural Police

あたしが三十年も前に打った刻印が目に入った。素人の刻印なので力加減ががたがただ。しばらくそれを見つめる。

「どないした」

「あ——ごめん、なんでもない。ありがとう」

遠慮なく宇月のおごりで自販機のコーヒーを買う。紙カップ越しにも冷たい。コインケースを返すと、宇月は自分の分のホットコーヒーを買った。

そのまま休憩室の椅子に並んで座る。

「大丈夫か」

「大丈夫じゃないように見える?」

「少しな」

あたしは苦笑した。

「駄目ね。子供が絡む事件だと理性が飛んじゃいそうになる。わかってるのに」

冷たいコーヒーの強い香りと苦味が、あたしを落ちつかせる。

「今日ね、遥希の命日なの」

「せやったっけ」

素知らぬ顔をする宇月だけど、きっと気がついてると思う。

「そのせいかな。それとも病院の臭いのせいかな。ゆうべ、遥希の——あの事件の夢を見た。帰れと言われたのに帰らなくて、結局遥希が死んだって連絡を隼人からもらって向かった病院が、やっぱり消毒薬の臭いでいっぱいで、あたし咳こんじゃって。遥希の顔を見るよりも早く咳で涙ぐんでて……馬鹿みたい」

はあ、と溜息をつく。

「あのとき、宇月も家のことや捜査、いろいろやってくれたんだよね。ありがとう」

「俺はあのとき二係やったから、捜査には参加しとらんよ。それに礼なら耳にたこができとるわ」

「訊いていい?」

「なんや」

「三上秀明が葬儀社の担当だったんでしょ。三上は――葬儀の準備をするふりをして、遥希を殺したんじゃないわよね」

「あたりまえやろ。言ってることが滅茶苦茶やで。自分でなに言うてるかわかっとんのか。遥希の死亡が確認されたから、三上が来たんやろ」

宇月が即答してくれたので、あたしはほっと息を吐きだす。

「そうだよね。葬儀社だもんね」

「病院に運ばれたとき、遥希はもう心肺停止してたんや」

「あの日、帰ればよかったって、今になってそう思うの」

「未希が早《は》よ帰っても、間にあわへんかったよ」

「わかってるけどね。あたしあのころ、想像してたよりずっと男社会だった警察に目くじら立ててきりきりしてた。あたしを気遣ってた隼人にもいつも反発してた。隼人は男だからそんなに余裕があるんだって思ってた。あたしは女だから、隼人の倍頑張らないと駄目だって。産休取った分も頑張らないとって。見えるもの見えないもの全部に負けたくなかった」

「今でもか」

「今は若いときのあたしを少し余裕持って振りかえられるようになったけど、負けたくないのは相変わらずかな」

「負けず嫌いやからな」

本当は逃げたいときもある。でも口には出さない。

この仕事を辞めることは簡単だ。

でもこの仕事なら、いつかきっと遥希を殺した男に手が届く。

だからしがみついている。

「若いときならいざ知らず、今の大宮署刑事課で未希のことを〈女〉刑事なんて接頭語をつけて呼ぶ怖いもの知らずはおらんやろ」

「それがいるのよね。それに、警察の外ではよくある。さっきの一ノ瀬康。あいつは完全にあたしを舐めてた。女だから。おばさんだから。多分自分より弱いと思ってた」

「人からどう見られても気にすることはないやろ。ちょっとええか」

宇月はあたしの手からカップを取って、自分のコーヒーも一緒に棚の上に置いた。

次の瞬間。

いきなり宇月の顔が近づいてきた。宇月の口からコーヒーの匂いが強く香る。

「なに！」

叫びながら宇月の顔をかわし、押さえつけてこようとする腕をブロックすると、近づいてきた体を反対の手で押しやる。

一旦は離れた宇月は、またすぐあたしの肩に手を置いて、テーブルの上に押しつけた。とっさに膝で股間を狙う。宇月はすんでのところで体を離した。

「危機一髪や……」

「こっちの台詞。なにすんのよ」

宇月はコーヒーを取ってあたしの手に握らせた。そのまま手を離さない。コーヒーがあるからあたしは振りはらえない。睨みつける。

「結局こういうことや」

「どういうことよ」

「未希は今、コーヒーがなかったら簡単に俺の手を振りはらうことができるはずや。現にさっきは体格差のある俺に対抗できた。未希相手に手加減したらこっちが痛い目見るからな、結構本気出したんや」

「……離してよ」

宇月は離さない。

「あたしはまだ書類上人妻なんだからね。誰かに見られるわけにはいかないでしょ」

「俺はええよ」

「よくない」

「線を引いてるのは未希自身や。勝手に卑下して、勝手に被害者面して」

「全部ただの被害妄想だって言いたいの」

「実力を素直に見ろって言いたいだけや。俺はそんないきがってる未希も好きやけどな」

「宇月」

「好きや」

関西弁の気の抜けたようなイントネーションが胸に響く。

あたしの動悸《どうき》は手から宇月にも伝わっているだろうか。

宇月はいつもあたしのことを見ていてくれる。適度な距離が少しずつ縮まってくるのを、あたしはたしかに感じていた。

少しずつ離れていく隼人とは違う。

視線を外せない。宇月の顔が近づいてくる。

コーヒーが零《こぼ》れそうで、手を離せない。

唇が掠めたとき、あたしははっと顔をそむけた。宇月の目が見ひらかれる。

「……ごめん」

「ま、ええけど」宇月はやっと手を離してくれた。笑う。「未遂でもなかったしな。まあ今のは例外としても、若いころならともかく、今の未希は一ノ瀬みたいな男にも、なんなら俺にだって負けんやろ」

「宇月にはさすがに勝てないかもしれないけど——せいぜい痛みわけかな」

「充分や。俺に痛みわけできる男かてそうそうおらんからな。少なくともそこらの民間人には負ける気がせえへん」

あたしはコーヒーを飲みほして、脇腹を押さえた。

「未希、怪我してたんやったな。悪かった。手加減したらよかった」

「大丈夫」なんだか少し泣きそうだった。でも泣き顔を見られるわけにはいかない。「ねえ。ちょっと出てきてもいいかな。どうせ今日は署内待機だし、園田ゆかりの聴取もしばらくなさそうだし。宇月は待機に飽きたら捜査に交ざってくれれば」

「どこ行くんや」

「お墓参りに行ってくる。今日は、遥希の命日だから」

カップを捨てて、足早に休憩室を出る。

宇月に寄りかかれたら楽だと思う自分がいた。


途中で花屋に寄った。アネモネの花を探したが売っていなかった。店員に訊いたところ、アネモネが店頭に出まわるにはまだ少し早いそうだ。二月になれば入荷予定があると言われた。隼人はゆうべどこでアネモネを買ったんだろう。

墓参りには菊の花という定番が昔は好きじゃなかったが、菊は長持ちするのでいいと聞き、小ぶりのカーネーションと菊の花で花束をつくってもらった。

近くのスーパーでお線香とライターも買い、お寺に向かう。

隼人の実家は義母が健在だが隼人の兄が家を継いでいる。うちの実家は妹が婿をとって母を引きとっているので、あたしたちは大宮公園近くの墓地に墓を買った。

十七年前はぴかぴかだった御影石《みかげ》の墓石が、だいぶ土埃《つちぼこり》をかぶっている。

あたしは花を活《い》けて線香を焚《た》いた。同じ石でできた線香皿が割れている。

「久しぶりですね。こんにちは」

声をかけられて、振りむくと寺の住職がいた。十七年前は今のあたしより若かったけれど、年齢を重ねて住職らしい貫禄がついた。

「お久しぶりです。ご無沙汰してすみません」

「いえ。毎年ご主人様から多額のご寄付をいただいてありがとうございます」

隼人はそんなことまでやっていたのか。もちろんあたしにはなんの相談もない。

もう形だけの夫婦だ。遥希の父であり、母であることに変わりはないけれど、隼人自身とあたしの繋がりは薄れている。

あたしになにかあったら隼人に連絡が行って、隼人は花を持ってきてくれるけど。

全部、あたしのせいか。

「あの――この線香皿って」

あたしは割れた皿を指差した。

「石の割れ目に水が染みるとこうなるんですよ」

「もともとひびが入っていましたよね」

「はい。十七年前でしたか。ご子息のお骨を納めてからすぐですよ。あのころ近所の中学生がよく悪さしに来ていたのでそのせいかと思ったんですが。割れたことはご主人には連絡してあります」

「そうだったんですね」

「上にステンレスの皿を置けば問題ないと思いますが」

「わかりました。相談してみます」

「はい。ではごゆっくり」

住職は頭を下げて歩いていった。その先に、別の人影が見えた。住職とこちらを見て言葉を交わす。

隼人。

隼人は住職に頭を下げて、こちらに近づいてきた。

「来ていたのか。具合はどうだ」

「なんとか大丈夫。病院に来てくれたんだよね。アネモネの花束は隼人でしょ。ありがとう」

「大岸が、未希が死にそうだなんて言うからだ」

隼人は苦笑して、持ってきた花束の包みを解いた。やっぱりアネモネが入っている。

「アネモネって今はまだ時期的に早いって聞いた。よく仕入れてる花屋があったね」

「毎年少し早目の時期からアネモネを入れてくれるように、近くの花屋に頼んである」

言いながら長い茎を鋏《はさみ》で切る。

そうだ。この真冬から遥希の誕生日がある春まで、いつもお墓にはアネモネが飾られている。

「隼人は今日、非番なの」

「いつもこの日は休みを取るようにしている。仏壇を掃除して線香立ての灰も綺麗にしてからここに来るんだ」

「そう……」

あたしは休みを取らない。前後で時間が取れるときに来るだけだ。

隼人はタオルを桶《おけ》の水につけてぎゅっと絞ると、墓石を拭きはじめた。手際がいい。

一通り拭きあげて、最後に上から水をかける。余った水を花立てに入れ、花を、先に活けていたあたしの花と一緒に飾る。

「そういえば線香皿の石が割れてるんだけど」

「ああ本当だ」

あたしたちは線香をあげて手を合わせた。最後に包装紙なんかを片づけていると、寺の入口にある四阿《あずまや》から住職が手招きしていることに気がついた。

「お茶を用意したので飲んでいきませんか。さっきご主人からいただいた菓子もよかったら」

「ありがとうございます」

隼人が頭を下げた。

「手土産まで持ってきてたの。用意がいいのね。隼人はよくここに来てるんだよね」

「毎回じゃないが、月命日もなるべく来るようにしている」

隼人が四阿へと足を向けたので、ついていった。並んで座るとお茶の入った湯呑《ゆのみ》を渡してくれる。

「ありがとう、でも温かい飲み物は飲まないから。隼人、飲んでいいよ」

そうか、と隼人は呟いた。その左手くすり指に指輪はない。あたしもずっと外している。

「未希。いつでもいいから仏具店で線香皿を買って、墓前に置いておいてくれないか」

「あたしが？」

訊きかえしたのは、隼人があたしに頼みごとをするのが珍しかったからだ。

「頼む」

「いいけど……」

「ここで未希と会うのは久しぶりだな」

　あたしの感じた違和感を、隼人は別の話題でそらした気がした。

「あたしがあんまり来てないから——まだ犯人も捕まってないし、遥希が病院に運ばれたって聞かされたときに帰らなかったことを責められてるみたいな気がして」

「誰に」

「遥希に。それと隼人にも」

「あのときの未希には誰の言葉も通じなかった。それだけだ。俺は責めていない」

「ごめん。あたしが悪かったの。隼人があのころ言ってたこと、今ならわかる」

「未希はあのときでもわかっていたんじゃないか。でも帰ってくるわけにはいかなかった」

「……いつも子供のことでなにかあるとすぐ帰らなくちゃいけなくて、周囲に厭な顔されてて——それもあたしの思いこみだったのかもしれないけど」

「俺がもっと手伝えばよかったのかな」

「隼人はあのころ刑事課だったじゃない。忙しくて無理だったし、非番のときはよくやってくれてたよ。——あたしはあのとき、子供が事件に巻きこまれたって聞いても仕事をしていたって勲章が欲しかっただけかもしれない」

「勲章か」

　隼人はお茶に口をつけた。

「なにをしても女だからって思われるんじゃないかって、今もどこかで思ってる。さっきも宇月にわっていたのかな」


怒られた」

「昔のことを後悔してるのか」

「考えは変わらない。でも後悔してる。あのときあたしが帰っていたら――あたしたちはなにか変わっていたのかな」

父親が警察官だったあたし。

荒れていたころに知りあった警察官――それが宇月の父親だったとあとでわかったらしいが――の言葉で、自分も警察官を目指すようになった隼人。

隼人はあたしの父親に似ている。父親に憧れるように隼人に憧れて、あたしも一緒に警察官になる夢に追いつけた。

けれど警察は男社会だった。昔は特にひどかった。力でねじ伏せないと認めてもらえないところもあった。

それが、あのころのあたしを押しつぶしていた。

園田ゆかりとは違う。あたしには夫がいて、実母も義母もいた。言えば誰もが協力してくれたはずだった。差しのべられていた手はいくつもあったのに、あたしは摑めなかった。

隼人の手さえも。

隼人は湯呑を置き、ブルゾンのポケットから煙草を取りだした。

あたしはちょっと目を見はった。

「隼人――遥希が生まれてからずっと禁煙してたよね。いつのまにまた吸いはじめたの」

「ああ、最近」

目を細めて煙を吐く。

「なにかあったの」

「そういうわけじゃない」

本当だろうか。

らしくない——でもあたしの考える隼人〈らしさ〉は、今でも本当に隼人の本質なんだろうか。

あたしたちはもう十六年も別居している。

戸籍では繋がっているし、会えばこうして話す。けれどあたしの知っている隼人はそのままここにいるんだろうか。

「俺も後悔してる」

ふと隼人が、煙と一緒に言葉を吐きだした。

「結婚するとき、お義父《とう》さんに未希を幸せにすると誓ったのに、結局俺は幸せにできなかった」

「お互いさまだよ。……もうもとに戻ることはないのかな、あたしたち」

「そうだな」

隼人は腕時計を確認した。

隼人はもうあの懐中時計を使っていない。隼人と未希と遥希。三人の名前が刻まれた時計を。

それが変わってしまった証《あかし》なんだろうか。

もしもあたしがもう一度あの家に戻りたいと言ったら、隼人はなんて答えるだろう。

「あたし……家に戻ろうかな」

「北大宮にか」

「そう」

「ああ」隼人は小さく頷いた。「いいんじゃないか。未希は帰ってくればいい。俺が出ていくから」

「そうじゃなくて――」

「ちょうどよかった」煙草を灰皿に押しつけた隼人が、リュックからなにか封筒を取りだした。

「今度会ったら渡そうと思っていた」

受けとって、中の紙を取りだし、開いてみる。

離婚届。

町岡隼人の署名は記入済みだった。

「隼人――これ……！」

「サインして区役所に提出してくれ。悪いが、お茶の片づけも頼む」

立ちあがり、隼人は帰っていった。砂利を踏む足音が消えるまで、あたしは黙ってその離婚届を見つめていた。

なんで、今。

単純にあたしに愛想が尽きたのか。どうしても一緒にはいられないのか。

先に家を出たのはあたしだ。なにをムシのいいことを言ってるんだって思う。いまさらどの面を下げて帰れるなんて思ったのか。

それでも別れなかったのは隼人が好きだったからだ。隼人もそうだと思っていた。

それがなぜこのタイミングなんだろう。ほかに好きな女でもできたのか。

胸の上に石を載せられたかのように、心が重い。

理由を聞きたかった。急いでお盆に湯呑や菓子を載せて、寺務所で礼を言って寺を出た。隼人は自分の車で来たのだろうか、もうどこにも姿は見えなかった。

あたしは大宮駅のほうへ向かい、氷川神社の参道を歩きながらハルに電話をかけた。滲《にじ》む涙を袖で拭う。

十五分ほど歩き大宮駅に着いた。コンコースにある銀色の棒二本が螺旋《らせん》を描くように伸びるオブジェ、通称まめの木の前で、スマホを見ながらハルが待っていた。あたしに気づくと笑顔になる。

「電話ありがとう。未希さんから呼びだしがあるなんて嬉しいな。今日は宇月さんは一緒じゃないの」

「まあね。今は私用だから」

一人ではいたくなかったが、宇月を呼ぶのはなんだかその気持を利用しているようでうしろめたかった。ハルの存在はちょうどいい。

「どこ行くの」

あたしは黙ってコンコースを突っ切り、きのう藍崎が刺された歩道橋を通ってそごうに入った。エスカレーターで上の階に行き〈時計工房〉に顔を出すと、若い店員がいてあたしの出した懐中時計を検分してくれた。

店員は、蓋の裏に刻まれた名前に目を留めた。

「ずいぶん年季が入ってますね」

「ええ。ここに持ちこむたびに言われます」

「汚れと、もともとの錆《さび》で修理は難しいかもしれませんね」

「そこをなんとかお願いします」

あたしはカウンターにかじりついた。隣でハルが吹きだす。

「未希さん、意外としつこいね。修理代だってかかるんだから、新しい時計買ったほうがいいんじゃないの」

「馬鹿。時計には過ごしてきた時間も一緒に想い出として刻まれるんだからね。新しければいいってもんじゃないのよ」

「大事な時計なんだ」

「遥希が生まれたときに揃いで三つ買った時計なのよ。遥希の時計は墓地に埋めて、あたしの時計はこれで、隼人の時計は――」

隼人の時計は、きっともうない。

「そういえばハル、あんたこれと同じ時計を見たことがあるって」

「しょうがないなあ」ハルはあたしの言葉を遮る。「店員さん。とりあえずこの時計預かってもらえますか。修理の結果動かなかったら、それはそれで納得しますから」

「ハル、あんた勝手に」

「それ以上言うことある?」

「ないけど」

店員は微笑して、ではお預かりしますと言った。

預り証に名前を書く。蝶、と書きかけて斜線を引き、町岡未希と書いた。

「修理の可不可と可能の場合の修理代金は、一度連絡を入れさせていただきます」

店員が控えの袋に自分の名刺も入れて渡してくれた。かき抱くように受けとって頭を下げる。店を出てエスカレーターに向かった。

「つきあってくれてありがとう」

「どういたしまして」

「ついでにもう一つお願いしていいかな」

「いいけど、なに」

あたしはいつも自分の鞄に入れていた封筒を取りだした。辞表、と表に書いてある。

「これ、預かってほしいの」

「未希さん――これって」

「自分で持ってると出しちゃいそうだから」

まだ出すわけにはいかないから。

目を見ひらいていたハルは、やがて頷いて封筒を受けとった。自分のリュックにしまいながら言う。

「ちょっと思いだしたことがあったんだ」

「なに」

「俺、一人っ子でさ。昔……子供のころ、よく従兄弟《いとこ》の兄ちゃんやその友達にくっついて遊んでたんだ」

あたしはハルをまじまじと見つめた。

「なんなの。その昔話」

ハルは目を細めて、視線をそらす。

「別に。たまには従兄弟に連絡でも取ろうかなって」

「……いいんじゃないの」

なんの話だったんだろう。

ハルはあたしより背が高い。遥希も生きていたらこのくらいになっただろうか。

ぼんやりハルを見ていたら、エスカレーターを降りそこねて転びそうになる。

「なにやってんの、未希さん。どんくさい」

ハルが笑う。その声が今は心地よかった。


そごうから出たところでちょうど電話が入った。

大宮駅東口で待っていると、宇月が車で現れる。あたしは助手席、ハルが後部座席に乗りこんだ。

「どこ行くの、宇月」

電話ではなにも言わなかった。今日は署で待機のはずのあたしたちに行き先なんてなかったはずだ。

しかもハルと一緒のところを見ても軽口一つ叩かない。なにかあったと直感でわかった。

「三上秀明の行動を追ってた班から、三上が車輛爆破事件の前日に北大宮の喫茶店〈ローズマリー〉で男と会ってたって連絡が来たんや」

「男？」

宇月はちらりとあたしを見てから、バックミラーに視線を動かした。

「これからローズマリーに向かう。ハル、おまえは車で待ってるんやで」

口調はいつもどおりだけど、声のテンションが低い。

「そのローズマリーがどうかしたの」

答えない。ハルがいるからだろうか。

不審に思っているうちに、車は競輪場近くの喫茶店に到着した。店の前の路地に車を停めてハルを残し、店に入っていく。何十年もここにあったような古びた喫茶店だ。

宇月が高齢のマスターに三上の写真を見せた。あらかじめ宇月は店に連絡を入れておいたようで、警察手帳を見てもマスターは動じない。

「間違いないね。うちの常連客だよ」

三上の自宅からここまでは徒歩五分ほどだ。

「いつも誰かと一緒やったんか」

あたしは状況が読みきれていないのでやりとりは宇月に任せ、うしろでメモを取っていた。

「いやいや。一人で、たいていカウンターでコーヒーを飲みながら競輪の新聞を読んでたよ。これから直接そこの競輪場に行くってときも多かった」

「それが十八日の木曜日だけは、男と一緒やったんやな」

「そうそう。珍しく二人で入ってきて、一番奥の席を指定して、なんかこそこそ話してた。誰かと一緒なんてのははじめてだったと思うね」

「話してた内容はどのくらい聞こえたんや」

「ほとんど聞こえなかったよ。コーヒーを出したときに少し名前みたいな言葉が聞こえたくらいかな。ただ、相手がなにか封筒を渡してたのは見たよ。厚みのあるまっすぐな封筒で、金でも入ってるのかと思ったんだ。それと、三上さんの持ってたなにか黒い小さな――小銭入れみたいなものに相手が手を伸ばしてた。三上さんは渡さなかったみたいだけど、そんなやりとりが見えた」

「相手はどんな男やった」

「相手のほうがどっちかっていうと周囲に目を配ってたね。四、五十代くらいの――刑事さんほどじゃないがやっぱり背が高くていい体つきをした目つきの鋭い男だったな」

「名前らしい言葉が聞こえたって言うたな。なんて呼んでたんや」

「まつおかさん……とかなんとか」

あたしの手が止まった。

「その男はこの中にいるかな」

宇月が三枚の写真を取りだした。

「ああ多分、この男だよ」

マスターが指差した写真を、あたしは横から引きぬいた。

まつおか、じゃない。町岡。

隼人。

礼を言って、テイクアウト用に淹れてもらったコーヒーを三つ持って車に戻る。

「どういうことなの。宇月。なんで隼人が」

車に乗りこんでドアを閉めた瞬間、あたしは叫んだ。宇月はコーヒーを一つハルに渡し、自分も口をつけてからすぐにエンジンをかける。

「どうもこうもそういうことや。なんで隼人と三上が会《お》うてたかは俺かて知らへん。本部の指令は次のとおりや。隼人が本当に喫茶店で三上と会うてたのか確認せいと」

「隼人は――今日は非番だった」

「せやった。大宮西署に連絡したけど休み言われた。よう知ってんな。会うたんか」

「偶然、遥希のお墓で。もう帰ったはずだけど」

「なんか言うてたか」

「三上のことなんて全然」

「こないだ俺らが会いに行ったときもなにも言うてへんかった。遥希の葬儀からこっち、三上に会うたか未希が訊いても、一緒に喫茶店行ったなんて言わんかったよな」

混乱してきた。

三上は園田ゆかりに言った。昔殺された子供を知っている。あのときの刑事に言えば、園田水宙を殺したことを揉みけしてもらえると。

まさかその刑事は隼人なんだろうか。

隼人は三上に金――?――を渡していたらしい。どういうことだ。

まっすぐ前を見ている宇月の横顔を、あたしは見つめた。

宇月も同じことを考えているんじゃないだろうか。でも口には出せない。

「ハル」その宇月が声をかけた。「隼人と会うたことがあるんやったな」

「未希さんの旦那さんだよね。あるけど……」

不穏な空気を察知したらしいハルも、戸惑いを隠さない。

「これから隼人の家に行く。北大宮の官舎や。着いたらおまえも車を降りろ。隼人を見かけたら取りおさえるから通報してくれ。ただし危ないから無茶はせんように。手え出すのもあかん。俺か未希と必ず一緒にいること。俺らのうしろにいるんやで。ええな」

「取りおさえるって、宇月」

「未希も油断すな。ここから先はなにがあるかわからへん」

宇月が呟くように言ったとき、車は官舎に到着した。


家は鍵がかかっていた。持っていた合鍵でドアを開ける。

「隼人！」

あたしが先頭になって家に上がりこむ。隼人の姿はなかった。が、隼人だけじゃない。

「こんな殺風景な家やったっけ」

宇月がうしろで言う。あたしは首を振った。

「多分……隼人の荷物がなくなってる」

寝室へ向かう。ハルに、あたしのあとをついていくよう宇月が指示を出した。寝室でクローゼットを開ける。そこには洋服が一枚も掛かっていなかった。抽斗《ひきだし》も空だ。

書斎にしている部屋の机や本棚にも、一冊の本すら残っていない。

洗面所には、歯ブラシも剃刀《かみそり》も電気シェーバーもなにもなかった。

「綺麗すぎる……」

ハルがあたりを見まわす。

「割と几帳面《きちょうめん》、ていうか真面目なのよ」

「割と、どころじゃないけどね」

あたしは黙って頷いて、リビングとひと続きになっているキッチンへ向かった。揃いで買ったはずのカップも一個しかない。

まるで世界から隼人がいた証拠だけが消えてしまったみたいだ。

うすら寒くなる。

でも隼人がいないことにほっとしている自分もいた。

離婚届のせいか、それとも隼人と三上が繋がっているかもしれないとわかったせいか。今ここで隼人と対峙《たいじ》しなくてよかった。

「こっちに全部捨ててあるよ」

ハルが言った。大きなごみ袋いくつかに燃えるごみ、燃えないごみ、プラごみ、その他のごみがきちんと分別されていた。

「未希」

リビングを見ていた宇月に呼ばれて顔を上げる。指でちょいちょいと来るように言われ、そちらへ向かうと、宇月はダイニングテーブルの上を示した。

通帳が一通、封筒の上に置いてある。隼人の名前が書かれていた。

「この通帳と封筒は未希が確認してや」

「うん」

通帳を開く。きちんと記帳されていた。直近は。

「十八日に百万下ろしてる」

「三上に渡した金か？」

あたしは通帳を宇月に渡し、封筒を手に取った。さっき離婚届が入っていたのと同じ茶封筒だった。

〈未希へ〉

隼人はおばあちゃんっ子だった。おばあちゃんが亡くなってから悪い仲間とつるむようになったらしいが、幼いころは書道の師範をしていたおばあちゃんに字を教わっていたという。本人いわくそのお蔭でとても綺麗な字を書く。

中には一枚の便箋が入っていた。

〈すまない。宇月と幸せになれ〉

「……なに、これ」

覗きこんできた宇月と顔を見あわせる。けれどあたしはすぐに目をそらした。

あたしの気持を無視して。

「未希さん、ここ、灰が」

ハルが声を上げた。

「どうしたの」

ハルが立っている仏壇の前に行って、あたしははっとした。遥希の位牌《いはい》に線香立ての灰が撒《ま》かれていた。線香立てが横でひっくり返っている。

「いつも隼人は茶こしで灰を綺麗にしてた。それがなんでこんなことに」

キッチンから布巾を取って、遥希の位牌をくるむ。

それから線香立てをもとに戻した。灰も戻そうとしてふと気づく。

灰に混じって、なにか小さくちぎった紙があった。写真、だろうか。手を伸ばしかけて、もう一度キッチンからビニール袋を取ってくると灰ごとその中に入れた。

ハルに渡し、それから仏壇の下の抽斗を開けてみる。ほかになにかないだろうか。

あたしは隼人のなにを捜しているんだろう。隼人が三上と関係あるという証拠か。ないという証拠か。

あると証明するのは簡単だが、ないという証明は難しい。それでも。なにか。

体中から力が抜けそうになった。とっさに宇月に抱きとめられる。

「大丈夫か」

「うん……ごめん」

宇月の手は大きい。隼人も大きかった。最後に見た、煙草を挟む指と手を思いだす。

隼人はなにかに絶望して消えたのか。本当に三上の事件に関係していたのか。最初から消えるつもりで、昼間遥希の墓前に姿を見せたのか。

ううん。

こんなのはあたしらしくない。

考える前に動くんだ。

隼人がいないなら捜さなきゃいけない。逃げたのなら追いかける。

離婚届を区役所に提出したわけじゃない。あたしはまだ、隼人の妻だ。

あたしは宇月の手から離れた。

三上と隼人が会っていたのは事実だ。二人が顔見知りになったきっかけは遥希の葬儀だった可能性が高い。

背中に鳥肌が立った。

遥希の事件を洗いなおすのは今じゃないか。

このタイミングで起きた事件、現れた人間、その中にはあの事件に繋がるものがあるんじゃないか。

あたしはとっさにハルを見た。

「どうしたの」

「ハル……あんた」

誰。

まさか。

遥希の事件の関係者だろうか。だとしたら。

十七年前の雪の日、遥希と一緒に遊んでいた二人の子供が思いだされた。

ひとまずハルを大宮駅で車から降ろし、宇月と二人で大宮西署の交通課に顔を出す。スケジュール用のホワイトボードを覗くと、町岡の欄には非番と書かれていた。

「蝶野さん、ちょうどいいところに！」

声が聞こえて、見ると、大宮西署交通課の奥本課長が走ってきた。昔馴染みで、あたしが隼人の妻だということももちろん知っている。こちらが返事をするよりも早く、腕を摑まれて廊下に出された。

「どうしたんですか」

奥本はごくりと咽喉を鳴らした。

「実はさっき町岡くんから辞表を預かったんだけど、なにか聞いてる?」

「町岡は今日は非番ですよね。来たんですか、いつ」

「一時間ほど前だよ。ロッカーの私物だけ整理してもう帰ったけど」

一時間前。あたしたちがまだ官舎にいたときだ。

「その辞表、どうしたんですか」

「いやどうもこうもね——とりあえず上に相談するけど」

あたしは頷いた。

「そうしてください。もしかしたら大宮署の、大宮駅東口車輛爆破事件捜査本部からなにか指示が入るかもしれません」

「えっ、それどういうこと」

「詳しいことはあたしからはまだ。じゃあ大宮署に戻らないといけないので」

足早に大宮西署を去る。

「どないしたんや、未希」

「——うん……」

隼人から辞表。あたしよりも先に、隼人が警察を辞める。

顔には出さなかったが、あたしは奥本よりも動揺していたと思う。なんでこのタイミングで。

夜の捜査会議ではじめて隼人の名前が上がった。三上が殺害された前日の昼間、官舎の防カメにおそらく隼人を訪ねてきた三上の姿が映っていたのだ。時間から見て、二人はその後一緒に喫茶店〈ローズマリー〉に向かったと思われる。

そして現在は行方不明。それだけで隼人の怪しさは倍増だが、辞表を提出しているとは言えまだ現職の警察官だ。くれぐれも捜査は慎重にという青葉管理官のお言葉がついた。

ここであたしが捜査を外されなかったのは、まだ園田ゆかりの聴取が残っていたからだ。ただ案の定あたしは外に出ないようにとお達しが出た。

もうじききっと、あたしはこの事件から外される。焦りが生じていた。

遥希の位牌と写真の混ざった灰は念のため鑑識の瀬戸に預けた。隼人がなにか事件に巻きこまれた可能性も否めない。隼人以外の指紋が出てくることを期待したい。

それと。

「大岸さん。ちょっと調べてもらいたいことがあるんですが」

あたしは刑事部屋に戻ると、先に自席に座ってカップ麺を啜《すす》っていた大岸に声をかけた。多分まだお湯を注いでから三分経っていない。

「なんだ」

「十七年前、うちの息子の事件があったとき一緒に遊んでいた窪哲志という子供の消息が知りたいんですが」

子供二人のうち、蜂屋亮は行方不明だ。事件のあと外国へ行ったという窪がどうしているのか気になっていた。

大岸は一度手を止めて、傍らの七味唐辛子をカップ麺に追加投入しながらあたしを見た。

「今回の事件、十七年前となにか関係していると思うのか」

「――いいえ。思いません」

じろりと大岸があたしを睨んだ。

嘘つくな、とその目が言っている。

「まるで別件です。三上の事件と遥希の事件は無関係です」

あたしは言いきった。関係あると言ったらあたしは容赦なく捜査から外される。ここで認めるわけにはいかなかった。

大岸は黙って残りすくない麺をたいらげ、スープまで飲みほした。完食すると塩分過多で血圧が上がると普段だったら軽口を叩くところだったが、今のあたしはただじっと待っているだけだった。

ハル。このタイミングであたしの前に現れた二十代の青年が、事件のとき遥希と一緒にいた窪哲志ではないかと、あたしは疑いはじめていた。


翌日、あたしと宇月は遥希の事件が起きた廃工場のあたりに来ていた。外に出ないようにという指示はこっそり無視する。

官舎から五分ほどの場所で表通りから少し奥まったところの廃工場はとっくになくなっていた。遥希の事件があってしばらくして、危険だからと大宮区主導のもと、地権者に連絡をして取りこわさせたのだ。遥希と一緒に遊んでいたとされる蜂屋亮の行方も一向に摑めなかったので事件現場がなくなることにあたしは猛反対したが、区の決定は覆らなかった。

今はひっきりなしに駐車場から車が出入りするスーパーになっている。昔はただの雑木林だった裏手の土地も宅地造成されて、立派な住宅街だ。

昔、ここで子供が死んだ事件があったことを覚えている人間はもう少ないのかもしれない。

「遥希と一緒に遊んでいて、謎の男にさらわれたと言われている子供は蜂屋亮。助かった子供は窪哲志。どっちも遥希と同い年」

あたしは歩きながら呟いた。隣の宇月は黙って聞いている。

遥希の事件を振りかえりたくなると、あたしはここに来ていた。と言っても久しぶりなのだけど。

「遥希は知らない男に冷蔵庫に閉じこめられたって窪の証言があった。子供の証言だし、窪はあのころ心神喪失状態ではっきりしないところもあったから、実際どうだったのかはわからないけど」

スーパーを奥に抜けると、古い戸建ての多い住宅街に入る。大宮駅周辺とは違い、高いマンションは建てられない地域だ。

ふとその一角で立ちどまる。庭に桜の木が植えられている古びた家があった。表札には〈蜂屋〉と出ている。

「これが蜂屋亮の家。ご家族は今でもまだここで暮らしている。行方不明になったとき、帰ってきたときの目印になるようにって庭に桜を植えたらしい」

十七年にしては大きく育ったと思う。植えてから何十年も経った木と比べるといくらかの頼りなさは残るが、満開の時期なら、咲きほこる花は小さな戸建ての家を隠してしまうかもしれない。逆に、戻ってきた蜂屋亮が、自宅を見つけられなくなるかもしれない。

それでも枝を切れない。両親の気持はよくわかる。

いつか息子が帰ってくると信じる気持も。

事件が解決していない。それだけで、遥希だっていつか帰ってくるかもしれないと錯覚を起こすことがあるのだ。遥希は死んだのに。棺に入れて、火葬場でわずかな量の白い骨になったのをあたしはたしかに見ていたのに。

ふたたび歩きだしたとき、電話が鳴った。

「蝶野です」

「大岸だが、指令無視してどこにいるんだ、おまえら」

「すみません。園田の聴取予定時刻には戻ります。どうかしましたか」

「今すぐ戻ってこい。それと、頼まれてた窪哲志の居所がわかった」

「早かったですね」

思わず言った。宇月のコートを引いて立ちどまらせる。肩でスマホを挟み、空いた手で手帳を取りだした。

「ああ。調べるのは全然難しくなかったからな。市内だったよ」

「市内って」

「さいたま市内。というか、区内だな」

ざわっと全身が震えた。

近い。

そしてハルは――さいたま市民だけど、大宮区民じゃない。

ハルじゃない。

「窪哲志、二十五歳。ずいぶんいい家のお坊ちゃんらしいな。事件のあと親御さんとアメリカに行っていて、大学入学のときに帰国した。親御さんの会社をいずれは継ぐつもりがあるのかないのか知らんが、工業大学に進学してる」

「工業大学……ですか」

「ああ。それで時計修理技師になったらしい。〈時計工房〉ってチェーンの時計店で働いてる。転勤でこの十月から大宮そごうにいるらしい」

「そごうの――時計工房ですか。宇月、ちょっと持ってて」

宇月の胸にペンと手帳を押しつけ、あたしはまた鞄を漁《あさ》った。きのう懐中時計を預けたときの控えの袋から、担当者の名刺を取りだす。

窪哲志。

その名前を見て、さすがのあたしも固まった。

あの若い店員が――窪。

「行ってみるのか」

「戻ってこいって言ったばかりじゃないですか。行っても……いいんですか」

さっきから訊きかえしてばかりいる。

大岸の溜息が聞こえてきた。

「おじけづいたか、らしくもない。いつもなら了承なんざ取らずに行っちまうくせに」

その言葉を聞いて、あたしは電話を切った。

もう一枚の預り証を開く。たしかにそちらにも窪という印鑑が押されている。あたしのほうはきのうに限って、本名の町岡姓を使った。離婚届を出されて、それでも隼人と離れたくないと思ったからだ。町岡遥希の母親だと気づかれただろうか。

いや。十七年も前の小学生のときの事件なんて、そもそも窪は覚えているんだろうか。遥希や蜂屋のことなんてとっくに忘れてしまったんじゃないか。

「車に戻って、窪のマンションまで行ってみよ」

話を聞いた宇月がすぐに言った。

窪の家は最近建てられたらしい小ぶりな単身者向けマンションだった。オートロックなので一階でインターホンを押すが誰も出ない。

「仕事かな。そごう行ってみるか」

車ならすぐに着く。いつものように東口駅前駐車場に停めて大宮駅構内を歩いて突っ切り、西口のそごうへ向かうが、まさかの全館定休日だった。

「月イチくらいで火曜日が定休なんやな」

シャッターに貼ってある営業日カレンダーを二人で眺める。

「ねえ」声をかけると、宇月がなんやと訊いてきた。「あたし、ハルが窪の可能性があるんじゃないかって思ってたの」

「ハルはなんか目的があって俺らに近づいてきたってことか」

「そうだけど――ただの大学生よね」

あたしは自分で話を終わらせた。けれど本心ではそう思っていなかった。

窪でないなら、蜂屋の可能性はないだろうか。

謎の男にさらわれたと言われている蜂屋亮。けれど手がかりは摑めていない。

なんの根拠もない。ただそう思っただけだ。刑事の勘なんて自慢できるほど、あたしの勘はあてにならない。

そう思っても、もしかしたらと考える自分がいた。

「署に戻ろう。園田の聴取の時間になっちゃう」

「ああ」

歩道橋へ踵を返したあたしたちは、ふとまた足を止めた。

藍崎が刺された現場には花がいくつか供えてあったが、そこにさっきまではいなかった女の姿があった。和服姿の藍崎瑠衣。藍崎裕二の妻だった。

「こんにちは。花を供えていらっしゃるんですか」

声をかけると、しゃがんでいた瑠衣はこちらを見あげた。

「刑事さん、でしたね」

「はい、そうです」

「これ――花を片づけているんですよ。こんなところに花なんてあっても邪魔でしょう」

瑠衣は言いながら手持ちのレジ袋に、供えてあった花を無雑作に入れた。全部綺麗にして立ちあがる。

「藍崎は花なんて供えてもらえるような人間じゃなかったんですよ」

あたしと宇月は顔を見あわせた。ふふ、と瑠衣が自嘲するような笑みを浮かべる。それからふと笑みを消して、花のあった場所に視線を落とした。

「犯人はユカちゃんだったんですってね。園田ゆかり」

「はい」

「わたしが面会に行ったら会えるんですか。差し入れもできるなら」

「彼女の場合は罪状を認めているので明日になれば面会できますよ。差し入れはものによりますが」

言葉を濁すと、瑠衣はまたこちらを見た。

「ユカちゃんに危害を加えようなんて思ってませんよ。逆です。お礼も兼ねて」

「お礼ですか」

「ユカちゃんには捕まらないでほしかったんですけどね。藍崎は、殺せるものならわたしが殺したかったくらいですから」

「暴力を受けていたからですね」

瑠衣はふうと息を吐きだす。その唇の隙間から、一緒に魂まで抜けてしまいそうだった。

「藍崎が死んだあと、犯人はユカちゃんだって警察の方から聞きました。それから藍崎の亡骸《なきがら》を前にして、わたしは店の女の子たちみんなに電話したんです」

「なんの電話だったんですか」

「もう二度と店は開けないって、このまま閉店するって電話です。藍崎は近くの街金と組んで、女の子たちに金を貸していたんです」

「街金って、西条金融ですか」

瑠衣は頷いた。

「女の子たちは子供がいてなかなかお金を返せないから、店で働くしかなかったんです。ユカちゃんは藍崎を刺したとき、スマホを持っていったでしょう。中身見ました？」

「今鑑識が調べています」

「藍崎のスマホにはお金の履歴が入ってるんですよ。店のお金、貸したお金なんかの帳簿です。藍崎はその帳簿を見るのが趣味だったからみんな知ってます。だからユカちゃんもあのスマホを持っていったんでしょうね」

くすり、と赤い唇がまた笑う。今度は楽しそうに。

「借金をチャラにして藍崎の財産を分配するから、みんな全部忘れて一からやり直すように電話で伝えたんです」

「どうしてそこまで」

「ユカちゃんが藍崎を殺して、わたしを幸せにしてくれたんです。それならわたしもみんなを幸せにしないと罰があたりますよね」

「ですが」

瑠衣は微笑んで、わたしの前で片方の袖をまくった。おととい見たときよりも青痣が薄くなっている。

「そろそろ藍崎のつけた痣が消えてしまいます。その前に行かなきゃって思ってたんです。ここで刑事さんにお会いできてよかった」

あたしたちに向けて両手を差しだす。

んです」
「刑事さん、わたしを逮捕してください。藍崎は借金をちらつかせて女の子たちに売春させていた

声はしっかりとしていた。
「わたしはそんな手伝いをしたくなかったんです。でもやらないとあいつに殴られました。それに
わたしだけ特別扱いもしてくれませんでした。あいつはわたしにも客を取らせていたんです。青痣
だらけのわたしにね。ただ女の子たちはみんな仕方なくやらされていたんです。藍崎や、女の子を
斡旋《あっせん》してた三上や西条が悪いんです」
瑠衣はそこで一息ついた。
「ああ——ここで逮捕されるとユカちゃんに差し入れできないのが心残りですけど」
笑う瑠衣の手を摑む。宇月を見あげると頷かれた。
もう一度溜息が聞こえてきて、ふたたび瑠衣に視線を戻す。
「……こんな穏やかな日々を迎えられるなんて思いませんでした。ユカちゃんに会うことがあった
ら伝えてください。藍崎を殺してくれてありがとうって」
まるで別人のようなさっぱりとした笑みを浮かべる。
そんな瑠衣の手首に、あたしは手錠をかけた。

藍崎瑠衣を連行して署に戻ると、今度こそ園田ゆかりの聴取が待っていた。きのう一ノ瀬康と話
した取調室で園田はいつものように俯いている。
部屋の中には書記を兼ねた宇月とあたし。きのうとまったく同じように座る。今日もやっぱり隣

の部屋からは関係者が見ていた。

藍崎を刺したことは本人も認めた。あとは三上の事件になにか園田が関与しているかがこの聴取のポイントだった。

「こんにちは、園田さん」

「……こんにちは」

「きのうはごめんなさい。一ノ瀬に言いすぎちゃった」わざと明るい声を出すと、園田は首を振った。「きのうのあれは、一ノ瀬が悪いと思ったから怒ったの。水宙くんのことは、あなたが一人で責任を背負うものじゃない」

「刑事さんも、子供を亡くしたって」

「そう。遊んでいるときに、使ってない業務用冷蔵庫に閉じこめられて死んだの。男にやられたって目撃情報があったけど、犯人はまだ捕まってない」

「それなら全然違います。あたしは、あたしの意志で三上さんにお金を払ったんです」

「水宙くんを殺した実行犯は三上だったの」

窪《くぼ》んだ目をした園田は頷いた。

「三上さんに、唆されたのかもしれない。でもあたし、もう疲れて……体力も気力もお金もなにもかももう限界で。だからおかしくなっていたのは事実です。あのときは、水宙がいなくなればとしか考えてなかった。一人だったらもっと楽だったのにねって、同じアパートのおばさんたちや、役所の福祉担当の人たちの言葉が少しずつ積もっていたんです」

「三上にもうまく誘導されていたんじゃないの」

「かもしれません。いつのまにか水宙がいなくなればあたしは幸せになれるって思ってた――そんなわけないのに」

「後悔してるの」

園田はこくりと首を折った。

「水宙はあたしの大切な家族だったんです。たった一人の家族でした」

「園田さん、ご家族は北海道にいるのよね。ご兄弟とかは」

弱々しく首を振る。

「一人っ子だったから……。一ノ瀬は他人だけど、水宙は家族でした。ただ血を分けたってだけじゃなくて、そこにいて心を許せる、寝息を聞くだけで安心できる、心の底から愛《いと》しいと思える、一緒に暮らしてきた時間があってできた家族でした……」

園田の言いたいことは痛いほどわかった。一緒に暮らしていた時間があったから、あたしも遥希や隼人と家族だった。

「三上はなんて言ったの」

「水宙がいなければもっと楽になれる、って。あたしはもっと幸せになっていい人だって。でもいなくなってわかったんです。あたしは水宙と一緒にいることがなにより幸せだったんだって。たとえ水宙が二十歳まで生きられないってお医者様に言われてても、まだたくさん一緒にいられたのに――」

涙が園田の頬を濡らす。宇月がティッシュの箱を園田に寄せた。園田はティッシュで涙を拭き、洟《はな》をかんだ。何枚も何枚も。

宇月がそのあいだにこちらを見る。大丈夫という代わりに頷いて見せた。

「三上に払った五十万は、水宙くんを殺してもらう代金だったのね」

「……はい」

「その金は西条金融から借りたってこの前話してたけど、三上がそうしろって言ったの？」

「はい――」

宇月がちらりとマジックミラーに視線を投げた。隣の部屋のドアの開閉音が聞こえる。

西条金融は藍ランドとも繋がっている。社長と会社を押さえに向かったのだろう。

「藍崎を刺したことは認めるのよね。おととい自宅でハル――くんに言ったことが事実ね。藍崎の店は売春をしていた。借金のかたに藍崎の店で働くことになったけれど、三上が死んでも解放されない。逆に辞めたら全部ばらすと藍崎に脅された」

俯いて、園田はかすかに頷いた。

「藍崎瑠衣も風営法違反で出頭した。彼女から伝言を預かってる。藍崎を殺してくれてありがとうって。――ほんとは警察がこんな言葉を伝えちゃいけないんだけどね。お店も閉めるらしい」

「そう、なんですか」

喜ぶかと思いきや、園田は顔を曇らせた。

「嬉しくないの」

「あたしは嬉しいけど、みんなはそれで生活できるのかなって。シングルマザーって仕事を見つけるのが大変なんです。あそこは夜間保育所とも契約していたし、仕事内容さえ我慢できれば……」

「それでも法律違反よ」あたしは心を鬼にして、園田の台詞をひったくった。「働いてた子たちにも順次話を聴かなきゃならない。ただ、借金のかただったとか生活苦だったとか情状酌量の余地はある。お子さんもいる。今後のみんなの身の振り方については、あたしも気に留めておくようにする」

園田はまたゆっくりと頷いた。

「今はあなたの話よ。三上はどう？　あなたは三上を殺したいと思ってた？」

園田は真っ赤な目を一度上げた。あたしを見て、また俯いて首を振る。

「あたしのせいだから。三上は悪魔だったかもしれないけど、その手を取ったのはあたしだから――」

「三上を好きだったの？」

「全然。ただ一人で水宙を背負っているのが怖くて。それがこんなことになるなんて」

「三上を殺した人間に心あたりはある？」

「わかりません。でも三上はほかにも子供を殺しているはず……」

「三上がそう言ったの？」

「……殺しも見たし、殺すこともした。棺にドライアイスを詰めるだけだから簡単だって――うっ」

突然園田は口を押さえた。宇月がとっさに腰を上げ、ティッシュを何枚も取ってその口に当ててやる。

しばらくそうしていると園田は落ちついたらしい。肩で何度も大きく息をつく。宇月が園田の背中をさすってやった。

あたしはあえて事務的に訊いた。

「殺すこともしたってそう言ったのね。いつの話」

「……わかりません」

三上に五十万を支払ったもう一人の女——堺花音の姿が浮かんだ。

「殺しを見たってのは」

「もうずいぶん前、十七年前だって言ってました。葬儀社で働いてたくせに、人が簡単に死ぬんだって理解したのはあのときだって。証拠も持ってるって」

心臓がなにか音をたてた気がした。

「……ずいぶんはっきり覚えてるのね」

「三上さんは昔、競輪選手を目指してて、養成所に通っていたらしいんです。怪我で辞めたって言ってましたけど、それからちょうど二十年後の出来事だったからよく覚えてるって」

宇月がぱらぱらと手帳をめくる。

「三上は五十八歳やった。競輪選手の養成所を辞めたのが、二十一のときって話や。二十年後は四十一歳。今から十七年前やな」

「夢を諦めてからの年月を、毎年数えてるって言ったことがありました……」

はじめてかすかに、園田の声が感傷的になる。

けれどあたしはそんなことに拘《こだわ》ってはいられなかった。

十七年前。偶然か。

遥希のほかにもあの年に死んだ子供がいたんだろうか。

「証拠ってなに」

「それは、聞いてません」

「誰とか、どんな子供だったとかは」

「いえ……」

「三上はほかになにか言ってなかった？」

自分が早口になっていることに気づいても止められない。

「……あのときの関係者から、少なくとも二百万が入ってくるって言ってました」

「二百万？」

思わず訊きかえした。――関係者？

「誰から。いつ」

「三上さんの事件の数日前のことで、誰からとは」

隼人の通帳から引きだされていた金額は百万円。

隼人が三上に渡した金は、記帳されていた百万円だけだったのだろうか。ほかにもどこかから百万円を工面したのか。それとも別の誰かがいるのか。三上に金を支払った誰かが。

そのときノックの音がした。宇月が立って部屋を出るが、すぐにあたしを手招きした。

あたしは宇月と交替して廊下に出る。大岸がそこにいた。うしろに曽根が、白髪の男性を連れて立っている。

「どなたですか」

「園田ゆかりの父親だ。園田繁《しげる》さん。今、北海道から到着した」

取調室の中にも聞こえたのだろう。がたっと、おそらく園田ゆかりが椅子を立つ音がした。

「刑事さん、ゆかりは……」

「今は事情聴取の最中です。申しわけありませんが、まだお会いすることはできません」

言いながら大岸を見る。曽根は仏頂面だが、大岸はわずかに頷いた。

軽く視線を、ドアに投げる。わざと、園田繁が気づくように。

「――なにか、ゆかりさんに言いたいことはありますか。規則で、弁護士経由以外の伝言はまだ取り次ぐことができませんが、今自分が聞くくらいのことならできますよ」

繁はこちらの意図が伝わったのか、目を見はった。

「ゆかりが人を殺したというのは本当なんですか。水宙――孫のことも」

「事実です」

「ゆかりは、そんなに辛かったんですか。私が気づかないところで、娘はそんなに苦しんでいたんですか」

あたしは黙って頷いた。繁の顔が大きく歪む。

「私が再婚していたから、気を遣ってなにも言ってこなかったんでしょうか。言ってくれれば送金できたのに。せめて北海道に帰ってくれれば、手を差しのべることもできたのに。ゆかりも水宙も守ることができたのに。私の、せいなんでしょうか」

だん、と取調室のドアが叩かれた。一瞬全員がドアのほうを見る。

あたしは繁の皺だらけの手を取った。

「これはゆかりさんの犯した罪です。失った命ももとには戻りません」

「刑事さん……そうしたら」

「でも、ゆかりさんの未来を助けることはできます。彼女の罪が消えることはないし、被害者が存在する以上責められるべき人間ですが、彼女は生きています」

だんだん、とまたドアが叩かれた。繋はドアを見てなにか叫ぶように口を開きかけたが、首を振って目許を拭う。

「ゆかりさんとは、すぐに面会できるようになります。そうしたら、会ってあげてください」

「はい……」

「曽根、園田さんを連れていってくれ」

頷いて、曽根が繋を連れていった。

その姿が見えなくなってから、取調室のドアを開ける。

ドアに手をついていた園田ゆかりが、宇月に支えられるようにして立っていた。その顔が涙で濡れている。

「園田さん、大丈夫ですか」

「はい……ありがとうございました」

あたしは大岸を見た。

「じゃあ、彼女は俺が連れていく」

「お願いします」

園田ゆかりを大岸に預け、あたしと宇月は空になった取調室の椅子やごみを片づけてから廊下へ出た。

園田にとっては、父親の言葉が聞けてよかったと思う。けれどあたしには、一つだけ心残りがあった。

刑事に言えば採みけしてもらえる――あの言葉についてはここでは訊けなかった。取り調べは録画されているし、隣から誰かが見ている状況では無理だ。

十七年前、三上の目の前でなにがあったのか。

それは〈刑事〉の話と繋がるんじゃないのか。

遥希の事件と。


「未希、どこ行ってたんや。おらんかったから探したやないか」

捜査本部のある会議室に向かっていると、途中で宇月が現れた。

「ごめん。ちょっと鑑識のほうに行ってたの」

「あの写真の件か。なんかわかったんか」

例の灰に混じっていた写真はかなり細かくちぎられていて、完全に復元するにはもう少し時間がかかるらしい。早く、と言いたい気持をあたしはこらえていた。

宇月の質問には答えず、逆に訊いた。

「なにかあったの？」

「三上の子供殺しの件で、堺花音を任意で取り調べることになったんや。俺らに担当せえって」

足を止める。

「了解。堺花音はもう来てるの」

「さっき園田ゆかりを聴取した部屋や」

「わかった。行こう」

堺花音は、おととい家に行ったときの強気はどこへやら。

「……もう全部終わっちゃった」

開口一番そう言った。

「どういうことですか」

「警察が来たとき、主人が家にいたの。警察官がわたしの前の子供のことで話があるって主人に言って――全部ばれちゃった」

今日の堺花音はお腹《なか》に手を添えて、けれどこのあいだのような眩《まぶ》しさは感じられなかった。本人から出ている生命力が全然違う。

「三上とのこと、話していただけますか。黙っているとよけいあなたの罪が重くなりますよ」

「出頭――したことにしてもらえるの、せめて」

「今ここですべて話していただけたら」

堺は目を閉じた。開くのを待って、あたしは話しかける。

「三上とはどういう関係だったんですか。そもそもどこで会ってたんでしょう」

黙っている堺に、あたしはもう一度声をかけた。

「堺さん。一番罪が軽くなるのは、全部話すことですよ」

「五年前……三上さんの仕事の車のうしろのドアが開いてたのよ。誰もいなくて」

葬儀社の車か。

「そこに子供を置いていこうとしたの。でも子供がわたしの服を摑んできて、置いていけなくて、そうこうしているうちに三上さんに見つかったの」

「それでお知りあいになったんですか」

「車の助手席に座らせてもらって……しばらく話をしたわ。三上さんの車のダッシュボードにはクレカかなんかの督促状が見えて、この人はお金に困ってるのかもしれないって思ったの。――だから、五十万払うから子供を殺してくれないかって頼んだのよ」

あたしは息を吞んだ。宇月がパソコンから顔を上げる。

「なんでそんな依頼をしたんや。子供いくつやった」

「一歳だったわ。シングルで子供を産もうとすることに反対する周囲へのあてつけみたいにして産んだけど、実際は考えてた以上に大変で――仕事もできないし、この先を考えるとどうにもならなかった……。でも子供は夜泣きするしじっとしててくれないし、わたしは完全に育児ノイローゼになって自殺未遂までしたの」

「三上はなんて答えたんや」

「さすがに最初はびっくりしてたけど、しばらくして、昔、子供を殺す現場を見たことがあるって言ったわ。自分ならもっと簡単に殺すことができるって。棺にドライアイスを詰めておけばいいだけだって言って――最後には、いつ五十万を用意できるかって話になったの」

「棺を密封してドライアイスを詰めた――そういうことか」

「ええ」

「堺さんはそれを見ていたんですか」

「……ええ」

見ていられるものなのか。一瞬吐きそうになるが気取られないようにする。

子供がいたら、堺花音は逆にこの世にいなかったのかもしれない。

一人だったら、子供の人生は全部自分の肩に乗ってくる。堺花音も、園田ゆかりも。

シングルマザーが大変な苦労をせずに生きていけるほど、社会も他人も優しくはない。目を開けていれば気づくはずの簡単なことを見えていない人が多すぎる。

「……この子はどうなるの」

堺が、お腹をさすりながら訊いた。あたしは唾を飲みこんで話す。

「堺さんの罪状やそのときの状況にもよりますが、刑務所で産むことも可能です」

「多分夫からは離婚届を突きつけられると思う。わたし一人じゃ育てられない。夫が引きとってくれなかったら、里子にでも出せるかしら――また、殺してしまう前に」

あたしは息を吞んだ。

「その辺は相談員がいますよ」

やっと堺は少しだけほっとした顔を見せた。

生まれる前からいらないと判断される子供もいる。

堺は本当に離婚するのか。父親は生まれてくる子を引きとらないのか。そこは様子を見ないとわからない。でも、幸せになってくれたらいいのに、と思った。誰よりもこれから生まれてくる子が幸せになればいい。

「幸せになりたかっただけよ……わたし」

堺が呟いた。

「それのなにがいけなかったの」

堺花音だって生まれたときは親から幸せになるよう祈ってもらえていたかもしれないのに。

「幸せになりたいって思うのは普通のことや」宇月が腕組みをしながら言った。「でもそこに、自分の手で不幸にした子供がいてたら駄目やないか」

堺は宇月を見つめた。睨んだ、と言っても過言じゃないレベルの強い瞳だった。

「わたしとほかの人となにが違うの。好きで誰かを不幸にしたわけじゃない。わたしが幸せになろうとしてなにがいけないの。なにが悪いの」

あたしは口を開いた。

「子供を殺す親の気持なんて、あたしにはわかりません。だけど、あなたが大変だったってことはわかります」

「刑事さん――そう。大変だったの」

「罪は償ってください。そうしたら少しでも幸せになれるようにお手伝いします。あなたも、子供も。まずはそのお腹の子を無事に産んでください」

幸せになりたい。あたしはそうは望まない。そんな資格もない。

でも幸せになりたいという気持はわかる。

幸せになってもらいたい人もいる。刑事という仕事とは別に。

その人を幸せにするにはどうしたらいいんだろう。

今まで自分のことしか考えていなかったあたしは、どうしたらこの気持を隼人に伝えられるのか考えて――やがて、一つの方法を思いついた。

「未希さん、どうしたの」

時間が遅いにもかかわらず、ハルは快く呼びだしに応じてくれた。

窪哲志じゃない。でも蜂屋亮かもしれない。そんな疑いの残るハルを呼びだすのはどうかと思ったが、あたしには今ほかに頼れる人がいなかった。

「ちょっと手伝ってほしいことがあって。迷わなかった？」

「マップで経路検索しながら来たから大丈夫だけど」さすが今どきの若者だ。「ここ、お寺だよね」

「うん。住職様には許可もらってるから安心して。はい、これ持ってて」

「なにこれ」

あたしの渡した三脚をハルが見つめる。

「百均で買ってみた。あとであたしのスマホをセットして」

「写真でも撮るの」

「念のためなにも怪しいことはしてない証拠と、元に戻す手順がわからなくなったら大変だから、動画撮っておこうと思ったの。さ、行くわよ」

夜の外気は冷える。墓地なんてなおさらほかより一、二度気温が低い気がする。あたしたちは奥へと向かった。

「ここね、遥希のお墓なの」

「へえ……」

なんとはなしに手を合わせるハルの横顔をあたしはじっと見つめた。蜂屋亮なのかと訊きたい気持を抑える。本当に蜂屋だとしたら、なにか隠してる理由があるはずだ。もちろんただの別人という可能性も大きいのだけど。

三脚を立ててあたしのスマホをセットし、動画で撮影をはじめる。ハルには懐中電灯を手渡した。

「それであたしの手許を照らしててほしいの。こう暗いとさすがによく見えないから」

「いいけど……」

「ハルはなにも手を出さなくていい。あたし一人で全部できるから」

あたしは割れた線香皿をどかして腕を広げ、納骨室の蓋になっている石板に手をかけてずらした。

「未希さん、やっぱり手伝おうか」

あわてたようにハルが言う。

「大丈夫。五十キロくらいだから一人でなんとかなる。このためにジムでトレーニングしてたのかと思うくらいよ。それより懐中電灯よろしくね」

「うん……」

少し曖昧な声を出すハルを、ちらりと見あげた。

「ごめん。説明不足だったね。十七年前、遥希が死んだとき、あたしが骨壺に時計を入れたの」

「時計って、未希さんと同じあの懐中時計?」

「そう。その時計が欲しくて」

あの時計を取りだして修理して、隼人に渡せば。

そんな気持が湧きおこっていた。

幸せになれないのはあたし一人でいい。隼人だけは幸せになってほしい。

こんな考え方、どうかしているのかもしれない。

隼人は違う——隼人はなにもしていない。そう思いたかった。

そういえば、ハルはこの懐中時計を見たことがあると言っていた。詳しい話を訊かないと。

そんなことを考えながら手前の石板を外すと、奥の納骨室が見えた。

「……え？」

思わず変な声が出る。

「ごめん、ちょっと懐中電灯貸して」

ハルの手から懐中電灯を受けとり、納骨室の中をよく照らしてみる。

遥希の骨壺がある——その隣に。

もう一つなにか箱が置かれていた。あたしは注意深くそれを取りだした。想像以上に冷たくなっているが、贈答用のお煎餅なんかが入っているような四角い缶だ。

なんでこんなところに。

納骨のときはこんなものはなかった。あとになって誰かが入れたのか——隼人が？

「未希さん、なにそれ」

「……うん」

あたしはゆっくりと缶の蓋に手をかけた。固い。もうずいぶん前に入れられたものみたいだ。それでも少しずつ蓋がずれる。

その蓋が開き、あたしは息を呑んだ。

偽名を使い、最初の晩は赤羽のホテルに泊まった。

ゆうべは浦和のホテルへ移動し、一晩過ごしてチェックアウトすると大宮へ向かう。

大宮駅は東口で三上秀明の乗った車輛爆破事件が起こり、西口では三上の部下だった藍崎裕二の刺殺事件が起きた。もともと大宮駅界隈は犯罪の重点監視地域だ。どこに刑事がいるかわかったものじゃない。


隼人は帽子とサングラスとマスクで顔と髪を隠し、普段あまり着ないロングコートを羽織って、リュックの中身は財布など最低限にすると、残りはコインロッカーにしまいこんだ。注意深く駅のコンコースを歩き、西口のそごうへと向かう。冬でよかったと思う。

そごうの中の〈時計工房〉に行って、まず店の様子を窺った。若い店員は接客中だ。隼人は先日も対応してくれた中年の店員のところへ預り証を持っていった。

「時計の修理ですね。はい、完了しております」

「ありがとう」

「こちらこそいつもありがとうございます。そういえば町岡未希様とおっしゃるのは奥様でいらっしゃいますか。ご住所も同じですが」

「え。ああ——妻だが」

不思議そうな声を出すと、店員は笑った。

「やはりそうでしたか。同じ刻印の入った時計が同時期に修理に持ちこまれましたので。奥様の時計もなんとか直りそうですよ」

「同じ時計……」

隼人は掌《てのひら》の懐中時計を見おろした。未希もまだ、この時計を持っていたのか。

大学のあまり話したこともない同級生に連れていかれた合コン。奨学金をもらっていた隼人はバイトもいくつかかけもちしていたが、その日だけは珍しく予定が空いて断れなかった。

そこに、一人だけ、ああいう集まり特有の前のめりの会話に交ざらない女性がいた。ほかの女の子たちはアクセサリーをじゃらじゃらつけて華やかな熱帯魚みたいなのに、未希だけは黒いトップスと七分丈のパンツという小ざっぱりとした恰好で、黒金魚のようだった。スタイルがよく、姿勢もすっとしていて、綺麗に筋肉がついていると思われた。

「なにか運動や格闘技をやっているんですか」

未希も隼人が同類だと気がついたのだろう。そう話しかけてきた。

なんだかんだと話が弾み、その日のうちに互いが警察官志望だと知り、意気投合する。人を助けて幸せになってもらうことは恰好いいと、自分の子供に思ってもらいたい――未希はそう言って笑った。未希の親は警察官だそうだ。

隼人も同じ気持だった。父親のいない隼人だったが、警察官を志すきっかけになった交番勤務の巡査を、まるで父親のようだと思っていた。あの警察官には子供がいたはずだ。その子供が羨ましかった。自分にいつか子供ができて、その子が警察官の自分を恰好いいと思ってくれたらこれに勝る幸せはない。

連絡先を交換して、実際に交際をはじめたのはもう少し先だ。

だが隼人は未希と家庭を築くことをあたりまえのように考えていた。

互いに警察官としてやっていくなら早めに結婚して、早めに子育てをしたほうがいい。そう考えて早めにプロポーズ。子供も早くできたが、予想外だったのは未希が壊れかけたことだ。

もともと隼人は大卒、未希は短大卒で、同じ時期に警察学校に入学しても隼人のほうが現場に出るのは早く、産休もない分キャリアが積める。当時は男性の育休なんてほとんど普及していなかった。

未希の焦りは隼人に見えていたけれど、隼人がなにを言ってもあのときの未希の耳には届かなかった。現場の警察官はどうしても力の強さで男性優位になることが多く、それもまた未希を追いつめた。

そんな中、遥希の事件が起きる。

「妻は伝票に町岡未希と書いたんですか」

「は？　はい、町岡未希様ですよね」

「住所も同じ？」

「はい」

隼人には未希がどういうつもりなのかわからなかった。離婚届も渡したのに気持が揺れる。

「これは、息子が生まれたときに買った、記念の時計なんですよ」

言わずともいいことを言ってしまった。

ふと向こう側にいた若い店員が振りかえる。隼人はとっさに顔を伏せて、時計を確認するふりをした。受けとり伝票にサインをして店を出る。

それから店の様子が窺える場所に陣取った。

煙草が吸いたいと思ったが、無論デパートは全館禁煙だ。昔はもっと吸いやすかったのに久方ぶりに喫煙者に戻った隼人はその肩身の狭さに愕然《がくぜん》とする。

煙草を吸うと〈あの夜〉のことが思いだされる。

未希。

離婚届を渡したことを、隼人は後悔していない。なのに——揺れる。

未希はなにを考えて、町岡と書いたのだろう。

たとえそこにどんな感情が残っていたとしても、真実を知ったら、未希は隼人ともう夫婦ではいられない。

隼人が〈あの子〉を殺したのだから。

第五章

　かち　かち　かち。

雨風にさらされて真っ黒になったコンクリート。

この町に戻ってきてすぐ、今はもう使われていない公民館を見つけた。

あのときの廃工場はなくなったのに、目の前には別の建物がある。


ドアを壊して、中へ入った。

これは運命か。

机、椅子が二階の奥に積みあがっている。

そして、給湯室には。

通電していない冷蔵庫。

あのときのような業務用じゃない。それでもかなり大型の冷蔵庫。

中は空だ。一人でもなんとか動かせる。向きを変えて、横倒しにしてみた。音が響いたが、誰の耳にも届かない。

その扉を開けて、中に座ってみる。冷蔵室には自分一人すっぽり入りそうだ。

助けてと叫ぶ声も聞こえない。
自分の新しい城だった。
ここならなにをしてもいい。
なんでもできる。

そろそろ雪の落ちてきそうな空を眺めながら、職場近くの公園で昼休憩を取る。
寒空の下、ベンチにはほかに誰もいなかった。
この公園にも時計塔がある。
針の音が聞こえる気がする。

不安なのは嘘をついているからだ。

そんな声がどこかから聞こえる気がした。
誰もいないのに。

見ず知らずの男に罪をなすりつけているからだ。
それは電話の〈あの男〉なんだろうか。
だから男は自分を見ているんだろうか。

自分は今度こそ〈あの男〉を殺せたんだろうか。
歳恰好は合っていただろうか。
その証拠に、きちんと捨てた場所で見つかったのか。

現実の直せる時計。
記憶の中の直せない時計。

見つかった、足りない時計。

自分は〈あの時計〉を見ていない。
どんな時計だったのか知らない。
そう思っていたのに、時計は現れた。
女が持ってきた。
女が伝票に書いた名前は――町岡未希。
間違いない。あれは、遥希の母親だ。

◆

遥希の墓に入っていた缶を鑑識に渡し、刑事課に向かうと妙にばたついていた。深夜なのに人の出入りが激しい。

「すぐそっちに向かいます」

響いた声は滝坂のものだった。入口ですれちがいかける。

「なにかあったんですか」

訊くと、滝坂は足を止めた。近くで見ると化粧がよれている。あたしもそんな顔をしているんだろうか。あとでトイレで直さないと。

「ドライアイス連続殺人事件の続報が入ったんですよ。今度は大宮署管内ど真ん中。ここから車で十分くらい。北与野《きたよの》駅向こうの路上で遺体が放置されているのが発見されました」

「すぐ近くじゃないですか」

「ええ、今現場を見てきたばかりです。しかも今回は文字どおりただの放置でした。莫蓙や毛布でくるんでもいません。発見してくれと言わんばかりですよね。遺体が運ばれてから発見されるまで三時間ほどかかったんですが、もっと早く発見されなかったのが不思議なくらいでしたよ」

滝坂が口を曲げる。

「状況聞かせてもらってもいいですか」

「死因と遺体の状況は前の二件と同じです。被害者は森祐一郎《もりゆういちろう》五十二歳、身長一八八センチ。大宮区役所勤務の公務員でした。昼休憩を取ると出たまま行方不明になったんです」

「五十二歳ですか。前の二人は三十代でしたよね」

滝坂はあたしに手に持っていたコピーを一枚差しだした。

「年齢が関係あるかわかりませんけどね。これが粗いですけど犯人らしい人物の防カメ映像です」

「早いですね。防カメに映ってたんですか」

「ええ。目撃者は何人かいたけど、防カメに残ったのははじめてでした」

あたしはコピーに視線を移した。

古い防犯カメラだったのか、たしかに粗くて小さいがこれ以上拡大してもむしろぼやけるだけだろう。辛うじてわかる、黒いロングコート、黒いキャップ。サングラスに黒いマスク。コートの下から見えるのはジーパンだろうか。細身の男のようだが顔はまったくわからないし、背の高い女と言っても通用するかもしれない。あたしは自分がこの恰好をしたところを想像してみた。

「犯人の身長は」

「推定一七五前後」

「犯行の特徴は」

「前二件と同じですね。スタンガンで撃たれた痕が遺体に残っています。おそらくターゲットに近づいてスタンガンで電気ショックを与え、気絶したところを車……目撃情報によると、以前とは違う車種のようなので、多分レンタカーだろうって言われてますけど、殺害現場まで運び、方法はわかりませんがドライアイス詰めにして殺しています。このカメラ映像は、犯行時のものじゃなく、犯行後遺体を放置したときのものです」

「犯人の身長が一七五程度で一八八センチの被害者を狙ったんですか」

「ええ。さぞ重かったでしょうね」

滝坂も引っかかっているのか、眉間に皺を寄せる。

あたしも同じように引っかかっていた。前二件は遺体発見現場近くの防犯カメラから犯人の映像を見つけることはできなかった。今回は滝坂の言葉どおり、見つけてくれと言わんばかりだ。それに、被害者の年代と身長も、前二件とは微妙にずれる。

「たしか死因は二酸化炭素中毒ですよね」

「そう。遺体の耳や指に凍傷の痕が残っているのでドライアイスでの中毒だと判明したんです。生きたままドライアイス詰めにしてるんでしょうね」

あたしは少し考えた。

「ドライアイスの入手ルートはわかったんですか」

「それも今調査中です。一般人では業者から手に入れるのは難しいらしくて」

「こっちの事件でみかみセレモニーの藍崎が、ドライアイス製造機が一般人でも買えるって話をしてましたけど」

「ドライアイスが必要な職業なのか、そうじゃない場合はドライアイス製造機の線を考えてます。こんな感じの代物ですよ」

別の資料をめくって、こちらに見せる。箱状のものがついた機械だ。

「そんなに大きくないし、価格は十五万以下で買えますね。犯行は常に昼間なのに、人気《ひとけ》のない道を選んでいて用意周到です」

「被害者の共通項はなにかありますか」

「黒トレンチを着てますね。長めのコートです。あとは会社員――」

「会社員?」

「っぽいスーツを着た男です。実際みんな会社員ですが」

「なるほど」

基本的なところはあたしが以前から認識していた事実と齟齬はない。けれど。

「なんで昼間なんですか」

訊くと、滝坂は目を細めた。

「だって通り魔って普通夜ですよね。いくら平日って言っても目撃者はどうしても出てきます。リスクを考えたら犯行は昼より夜のほうが自然だと思うのに、なんで昼間なんですか」

「ドライアイス殺人事件の捜査本部でも言われてますよ、それ。平日——しかも火曜日に限定されているのは仕事が休みだったり、学生だとしたら学校の授業がない日なんじゃないかって」

「事件が起きたのはきのうですか」

「もう日付変わってるからそうですね。発覚したのはゆうべ二十時ごろです。昼間に限定されている理由は、まだこれといった意見が出てきてませんけど」

仕事が休みと聞いて、きのうのそごうの貼り紙を思いだした。

コピーを見つめる。

こんな背恰好の男はいくらでもいる。なんならハルだって普段からキャップをかぶっているし、髪の色を隠してロングコートを着せればかなりこの写真に寄せられる。身長も同じくらいだ。

「蝶野さんのほうの車輛爆破事件も、事件が起きたのは昼間でしたね」

滝坂が言った。あたしはコピーから顔を上げる。

なぜ昼間なのか。なぜ夜じゃないのか。

「こっちの事件は金曜日ですけどね」

「蝶野さんはドライアイス連続殺人事件と、そちらの車輌爆破事件が関係していると思いますか」

「それは――」

もしも隼人が三上殺しになにか関わっていたとするならば、ドライアイス連続殺人事件と関係している可能性もあるんだろうか。

答えられないあたしを置いて、滝坂は部屋を出ていった。


「蝶野。ちょっといいか、宇月も」

朝の捜査会議の前にあたしたちは青葉管理官に呼ばれた。隣の会議室へ連れていかれる。

青葉のほかに、大宮署長の湯浅、それと大岸もいる。

厭な予感がした。

「なにを言われるかわかっていそうな顔だな」

「あたしを捜査から外す気ですか」

「町岡の行方は摑めない。今日から本格的に捜査対象になる。蝶野は町岡の妻だ」

「別居中です。もう十六年も離れて暮らしてます！」

「じゃあ他人なのか」

「それは――」

一瞬返答に詰まった。他人だなんて思ってない。

助けを求めるように大岸に視線を向けたが、首を振られた。

「宇月はなにか言うことがあるか」

「……なんもありませんよ」

「宇月……！」

「いつか未希が捜査から外されるのはわかっとった。自分でも感じてたやろ」

警察官は身内の捜査には関与できない。遥希の事件のときにも痛感したことだ。そんなのなんでだろうって思ってた。あたしが一番犯人を憎んでいるのに、なぜ捜査に参加できないんだろう。

警察は変わらない。あのころも今も。

むしろ今までよく外されなかった。そう思うほどだ。

「ドライアイス連続殺人事件との関係性も疑われている。もし」大岸が重々しく口を開いた。「町岡が三上を殺したり、ドライアイス連続殺人事件の犯人だったら、蝶野は町岡をなんのためらいもなく逮捕できるのか」

あたしは。

今度こそできる、と言いたかった。

けれどそれよりも早く青葉が口を開いた。

「宇月は今日から、大岸さんのところの曽根と組んでくれ」

「……了解」

「蝶野は刑事部屋で待機だ。なにか事件が起きたらそっちを担当するように」

大岸の言葉にあたしは頷くしかなかった。

そのまま踵を返し、会議室を出る。トイレに行って吐いた。

隼人。どこにいるの。

十七年間ずっと、遥希の事件が解決することを望んでいた。そのためにあたしは大宮署の刑事課にいつづけた。

その結果がこれだ。

早くに現場を離れた隼人は正しかったのか。

あたしはやっぱり間違っていたのか。

個室を出て洗面台でうがいをし、鏡を見ると、真っ白い顔をしたあたしが映っていた。


それでも。

今日の夕方から雪になるらしい。空は鉛色でひどく寒かった。

「きのうの昼間？　俺なら図書館にいたよ。浦和パルコの上に入ってる市立中央図書館。勉強席でレポート書いてた」

ハルの言葉にまずは安堵《あんど》する。

「きのうは緑と白のボーダーの長T着てたよ。ラガーマンみたいな色。あそこあったかいからそれ一枚で充分だった」

あたしはすぐその場でさいたま市立図書館の電話番号を調べ、電話をかけた。浦和パルコの上にある図書館は本館だ。司書と話し、電話を切る。

「司書が覚えてたわ。ラガーマンみたいなボーダー服、明るい茶髪、目立つ容姿。背恰好から見てもハルに間違いないなし。午後早い時間に来て、十八時ごろ帰ったって証言してくれた」

「嘘なんか言わないよ」

「わかってるけど念のためね」

別に本気でハルがドライアイス連続殺人事件に関わってると疑っていたわけじゃないが、少しでも怪しい点は潰すに限る。

こんなふうにハルが蜂屋じゃない証拠も見つかればいい。

「今日は宇月さんは」

「別行動」

「未希さん一人？　刑事さんて一人で行動していいの？」

「たまにはいいのよ」

でまかせを言うと、ハルは首を傾げる。

「ハルのご両親てご健在なんでしょ。なにやってるの」

「仕事？　父さんは一般企業の会社員、母さんは公務員」

「ハルってご両親に似てる？」

「まあ似てるんじゃないの。自分じゃよくわかんないよね」

たしかに。

蜂屋の両親の顔はどんなだったろう。訊いたあたしもハルが彼らに似ているのかどうかはわからない。

「ハル……窪って知ってる？」

「誰、人？　なにそれ」

意味不明。そんな顔で笑うハル。知らないならいいとあたしは話を切った。

大宮そごうの四階に向かう。けれど時計工房には行かず、遠くから売場を眺めるだけに留めた。

「あれ、どうしたの。修理してた時計を取りに来たんじゃないの」

「結局直ることは直るらしいけど、まだ修理が終わったって連絡が来てないのよ。どう見てもあれは時間かかるでしょ」

時間がかかるが直せる――見積もりと一緒にそんな連絡だけが来た。直るなら、どれだけ時間がかかっても構わないのだけど。

あたしはゆうべのことを思いだした。遥希の墓。結局、あの缶に気を取られて、遥希の骨壺から時計を取りだすことはしなかった。きのうのあたしはどうかしていた。我に返ってみると、やはりあの時計はあのまま遥希と一緒に眠っているのが一番なのだと思う。

その代わりに見つけてしまった、あの缶の中身。

まるで遥希が見つけてくれと言ったかのようだ。

「未希さん。ここでなにしてるの」

ハルの言葉に、現実に引きもどされた。

「うん、ちょっと気になることがあってね……」

時計売場のカウンターにいた若い店員を見る。この秋に異動してきたと話していた男だ。

あれが窪哲志。

あたしはその写真をスマホで撮影した。少し考えて、ハルに送っておく。

「なにこれ」

「あたしになにかあったら宇月に送って。宇月の連絡先わかるよね」

「わかるけど」

四階は婦人服がメインのフロアだ。ハルは目立つ。多分あたしも。あまり時間を取りたくないと思っていると、運良くもう一人いた時計店の店員が売場を出てきた。休憩時間だろうか。

追いかけて、フロアの蔭で警察手帳を見せると、店員はえっと目を剝《む》いた。

「時計工房の方ですよね。窪さんのことで少しお話を伺いたいんですが」

「窪くん――え。彼なにかしたんですか」

「いえ。十年以上昔の事件のことで、あくまで参考までに伺いたいだけです。窪さんがどうこうってわけじゃありませんので」

言うと、中年の店員はほっとした顔を見せた。名札に店長の肩書と前沢《まえざわ》という名前が書いてある。

「窪さんはどういう方ですか。性格とか仕事ぶりとか」

「真面目だしいい若者ですよ」注意深く言葉を選ぶように答えてくれる。「十月に阿佐ヶ谷《あさがや》支店から異動になったんです」

「なにか理由があっての異動なんですか」

「もともとうちは数年ごとに店舗をローテーションする規則になっていますから、それに従っただけですね」

「彼が大宮店に配属されたのは偶然ですか」

「偶然ですよ。妻子がいればある程度エリアの希望は出せますが、窪くんくらいの若手だと本当にどこに配属されるかわかりませんね。宇都宮やつくば、小田原《おだわら》あたりもありえますよ」

だいぶ幅広い。

「窪くんはいいところのお坊ちゃんって噂ですが、本当に真面目で、時計修理技能士の資格も早くに二級を取って、それがきっかけで異動になったんですよ。阿佐ヶ谷店より大宮のほうが大きいから」

「そうですか。ちなみにここは週休二日ですよね」

「はい。窪くんは割と不規則な取りかたをしていますね」

「たとえば先週は」

「先週は月曜火曜と、あ、体調不良で金曜も遅刻でしたが」

「金曜日に遅刻？」

金曜日は車輌爆破事件があった日だ。

「そうです。夕方数時間だけ働いてました。具合が悪いなら休んでもらえばよかったんですけど、たまたまほかの店員がいなくなる時間帯があって」

「どうしても出なければならなかったと」

「そうですが、窪くんは時計が本当に好きなようで、デパートの休館日以外は休日でも必ず店に顔を出すんですよ。時計に囲まれていると安心するっていうのが口癖です。それで近くの鐘塚《かねづか》公園でぼんやりするのが趣味らしいですよ。あそこには時計塔がありますからね。昼食もあそこのベンチでよく食べてます」

鐘塚公園はそごうとソニックシティのあいだにある公園だ。時計塔なんてあったのかとあたしは思った。

窪は、三上の事件ともまるで無関係とは言えないかもしれない。少なくとも遥希の事件と窪は関係あるし、三上が殺された当日、窪は職場に遅刻してきた。

あたしは少し考えて訊いた。

「窪さんとは普段どんな話をされるんですか。夜飲みに行ったりとか」

「ああ。いえ。それは」

今まですらすら答えていたのに、はじめて前沢は言いよどんだ。

「なにか」

「いえ。窪くんとは飲みに行ったりすることがなくて」

「どちらかお酒が飲めないとか？」

「いえ――ここだけの話ですが、彼はメンタルで問題を抱えていて遅番ができないんです。病院の診断書も提出してもらっています」

「差し支えなければ、メンタルというのはなんですか」

前沢の視線が動く。

「私から聞いたと言われては困るのですが」

「もちろん配慮します」

「その、暗所恐怖症らしくて――それで夜はあまり出歩けないそうです。今は早く暗くなるでしょう。なるべく明るい道を通ってほとんど駆け足同然に帰るって言ってました」

夜道が怖い？

引っかかっていたことがある。

うちの事件じゃない。ドライアイス連続殺人事件のほうだ。

――なんで昼間なんですか。通り魔って普通夜ですよね。

あたしは滝坂にそう訊いた。事件が昼間に起きている理由が気になった。

デパートはきのう休みだった。まさか。

礼を言って前沢から離れる。前沢はまだ少しこちらを気にしたまま、従業員出入口のほうへ歩いていった。

「未希さん、どうしたの」

離れたところにいたハルが訊いた。あたしはハルをその場に待たせ、一度エレベーターで二階に降りた。入口正面のインフォメーションカウンターに行き一般客のふりをして訊《たず》ねる。

「すみません。十一月と十二月のデパートの定休日がいつだったかわかりますか」

「十一月が二十一日の火曜日、十二月が二十六日の火曜日ですね」

「ありがとうございます」

あたしはまたエレベーターに乗った。ドライアイス連続殺人事件の犯行日と合致する。

窪はハルと身長が同じくらい。ドライアイス連続殺人事件の犯人の身長も、推定一七五前後。合致する。いや、窪は週休二日だ。たまたま休みと重なっただけじゃないのか。

――違う。

窪は休日でも店に顔を出す。時計に囲まれていると安心する。

デパートの休館日以外は。

休館日は安心できない？

「未希さん、さっきの写真の店員が窪さんだよね。写真、宇月さんに送っておいたよ。宇月さんからすぐ返信来た」

「ちょっとハル、写真を送るのは、あたしになにかあったらって言ったじゃない。どうして」

「未希さんが心配だから」ハルは真面目な顔であたしを見ていた。「どう考えても、一人で行動してるのはおかしいよね」

あたしはハルを見つめかえし、小さく溜息をついた。

「ごめん。ハルは悪くない。それで宇月はなんだって？」

「未希さんと一緒なのかって。すぐ行くから未希さんを見張ってろって」

まあそれはそう言うしかないだろう。宇月のあわてた顔が目に浮かぶ。

「宇月が来るなら一度撤収したほうがいいかな。でもその前にハル——あの店員をどう思う」

「窪さん？　あの人どうかしたの？」

ハルは軽く首を傾げた。

ハルが蜂屋亮なら、窪哲志を覚えているんじゃないだろうか。

ハルはあたしに隠しごとをしていないだろうか。表情だけではなにを考えているのかわからない。

警察官になって勤続三十年。年季が入っているとかさすが年の功とか、褒め言葉なのか年齢を揶揄《やゆ》されているのかどちらとも取れる言葉をよく言われるが、そんな簡単に人の心なんて読めやしない。

「別に。ハルがどうもしないならいいんだけど」

「それより未希さん。あれ、隼人さんじゃない」

「え、どこ」

ハルを見て、すぐフロアに視線を巡らせる。

「こっちに気づいたみたいでエスカレーターのほうへ向かったよ」

あたしは走ってエスカレーターへと行ってみたが、隼人の姿はどこにもなかった。

「ハルもあたしも目立つもんね……。宇月がいないだけましか。ね、隼人の服装とかわかる？」

「黒いコートに黒いリュックを背負ってた。帽子もマスクもサングラスも全部黒だったよ」

「それで婦人服フロアなんてただの不審者じゃないの。そりゃ目立つわ。逆によく隼人だってわかったわよね、ハル」

「あっちが未希さんを見てたから」

それはどうリアクションしたらいいんだろう。

いや、それよりも隼人はここでなにをしていたのか。

「まさかあたしたちと同じ……」

「え、なに」

窪。

隼人は三上の事件に関わりがあるかもしれないと疑われている。

その隼人がここにいた。まさか本当に十七年前の遥希の事件が、今回の三上の事件と関係しているのか。

「……宇月たちが到着する前に、任意で窪から話を聴く。隼人は三上の事件の参考人として上がってる。その隼人が監視してたって言えば、窪を任意で引っぱることもできるから」

「未希さん、大丈夫なの」

「構わない」

たとえあたしがどうなっても。

あたしは時計売場へと足を向けた。けれど少し目を離した隙に、さっきまでいたはずの窪の姿が消えていた。

代わりの店員を捕まえる。

「すみません。店員の窪さんは」

「窪ですか。今席を外したんですが」

「どこへ行かれたかわかりますか」

「向こうのほうへ行きましたけど」エスカレーターを示す。「お客様を追いかけたんじゃないかと思いますね。すぐ戻りますよ」

まさか気づかれた？

「ハルはここにいて。窪が戻ってきたら連絡して」

「未希さんは」

「とりあえず追ってみる！」

あたしはすぐエスカレーターに向かった。

上に行くという選択肢もあったが、迷わず下を選んだ。逃げたというほうに賭ける。それに上の階へ向かったなら本当に客を追いかけただけという可能性が高く、その場合はハルが待機してくれている売場に戻るはずだった。

埼玉県ではエスカレーターを歩くことは条例違反だ。だが駅でも店でも普通に誰もが右側を歩いていく。いちいち取りしまっていられないというのが実情だ。警察官が条例違反をしてどうすると思うが非常事態だ。駆けおりる。若いころなら一段抜かしもできたのに。

二階フロアから大宮駅と直結している歩道橋に出る。とたんに冷気が襲ってきて、ぶるりと身を震わせた。周囲を見まわす。

この真冬にコートも羽織っていないスーツ姿の若い男が駅前にいて、こちらを見ていた。

窪だ。

目が合った。そう思った瞬間、窪は走りだした。追いかける。

窪は歩道橋を走って、つきあたりの階段を下りていく。

十七年前の事件のことなら窪が逃げる理由なんてない。

ならなぜ逃げたのか。

歩道橋の上から覗くと、窪はタクシーに乗りこんだ。

あたしは迷わず階段で下りる。そごうの前にシェアサイクルステーションがあった。署から貸与されているスマホにアプリが入っていて常時利用可能に設定されていた。アプリを機械にかざして自転車を引きだし跨がる。

窪の乗ったタクシーは交差点で信号待ちをしていた。まっすぐ向かう。ナンバーが見えたところで一度自転車を停め、スマホでタクシーの写真を撮って宇月とハルに送った。信号が変わって車が発進する。

駅周りは交通量が多く、車もそれほどスピードを出せない。見失う心配はほとんどなかった。逆に近づきすぎないように気を遣う。

駅の反対側にまわり、窪の自宅の近くを通り、さらにその先へ。郊外へ行くと、どんどん車が流れるようになっていき、今度は必死にペダルを漕《こ》がないと追いつけない。さすがのあたしも死にそうだ。

雪が降ってきた。手が凍える。

若かったら。男だったら。もっと楽に漕げただろうか。

掠めた想いを、頭を振って追いはらう。

今、窪の乗ったタクシーを追いかけているのはあたしだ。五十一歳の、女の、町岡未希だ。隼人でも宇月でもハルでもない。

大丈夫。このためにトレーニングしてきた。ゆうべだって五十キロはある納骨室まわりの石板を自分で動かすことができた。あたしはまだやっていける。

遥希の事件の真相を摑むまで。

雪の粒が大きくなってきた。指がかじかむ。それでも。

住宅街に入って奥まったあたりでタクシーが停まった。肩で息をつきながら、あたしも少し離れた場所で自転車を停める。咽喉がひりついた。

窪がタクシーを降りる。緩やかな傾斜を走って上っていく。あたしも追いかけるが、運悪く信号に引っかかってしまった。

そのあいだに窪は道を曲がった。姿が見えなくなる。

信号が青に変わると、あたしも坂道を上り、窪が曲がった角を曲がる。窪の姿は見えなかった。

郵便局、ファミレス、スーパーの並ぶ小さな商業施設を通りすぎる。その向こうに。

風雨にさらされて黒ずんだコンクリート。地区の公民館かなにかだったのだろうか。三階建ての、けれど今はもう使われていないとわかる古びた建物があった。

遥希の事件も廃墟で起きた。同じ空気をまとっていると思うのは気のせいだろうか。

近づいて中の様子を窺う。注意深く建物の周囲を観察して歩くと、裏手のドアの鍵が壊されていた。開けると、軋《きし》む音が小さく響く。

窪は何者なんだろう。三上とは十七年前の遥希の事件を通して繋がっているだけじゃないのか。

「窪……さん。話を聴きたいんだけど、中にいるの」

薄明かりが窓から射しこむ室内はがらんとしていた。廊下を奥へと進んでいく。人の気配がないので、階段で二階に上がった。

「大宮駅東口で殺された三上秀明という男を知ってる?」少し声を張った。「ううん、十七年前の町岡遥希の事件のことをなにか知ってたら教えてほしい! あなたはあのとき大人の男が遥希を冷蔵庫に閉じこめたと証言した。それは三上秀明だったの?」

あたしの声が、冷たいコンクリートの壁に跳ねかえる。

しんとしていた。

手近なドアを思いきって開けてみる。中に人の姿はない。放置された備品がそのままになっている。

別のドアを開けてはっとした。

「……ドライアイス製造機?」

滝坂に写真を見せてもらった市販のドライアイス製造機が置かれていた。

窪はやっぱり。

そのとき。

「警察なのか」

大きな声が聞こえて、思わず周囲を見まわした。誰もいない。拡声器だ。廊下へと戻る。あたしの声が聞こえたのか。そうだとしたら、それほど遠くにいるわけじゃない。

「あたしは町岡未希。遥希の母親で、大宮署で刑事をやってる。遥希の事件の真相が知りたいの！」

こんなこと言っちゃいけない。でも。

三上を殺した犯人よりも。ドライアイス連続殺人事件の犯人よりも。

あたしは遥希の事件の真実が知りたかった。あの日遥希はなぜ冷蔵庫に閉じこめられたのか。男は何者だったのか。そのほうが知りたかった。

そのためにこうして刑事でいつづけた。

三上やドライアイス連続殺人事件の被害者にだって家族がいる。その気持を考えたら、こんなこと言っていいはずがない。

こんなあたしは刑事失格だろうか。でも刑事だって人間だ。人の親だ。

「……知らない」

声の聞こえる方向へ近づいていく。一番奥のドアがかすかに開かれている。あそこか。

「僕は……なにも」

ぱっとドアを開ける。物置だ。放置された備品が山積みにされてまるでバリケードのようだった。

そのあちこちに時計が置かれていた。針の音がいくつも聞こえる。

壁一面に掛時計が飾られ、重なった机や椅子の隙間にたくさんの小さな時計が並べられている。

これは――なんの呪いだ。

がたっと音が聞こえた。窓際のほうだ。

「あなたはなにかしたの？　遥希の事件だけじゃない。誰かを傷つけた？　誰かを、殺した？」

なにか重いものが床に落ちる音がした。拡声器か。

とっさに人影が動いた。そちらへ向かう。積みあげられた机の向こうに見えたのは、スティック型の古い掃除機を両手で持った窪の姿だった。その目は大きく見ひらかれていて、まともな精神状態には見えなかった。

「あなたは何度もここに来ているの？　あのドライアイス製造機はなんのために使ってるの」

答えない。こちらを見ているだけだ。

「窪。その掃除機を離して」

「厭だ。殺さなきゃ、殺される」

「あたしは刑事よ。あなたを殺したりしない！」

「嘘だ。ずっと僕を見てたじゃないか――殺される……！」

被害妄想？　それとも。

一歩踏みだしたとき、窪が大きく掃除機を振りまわした。その先端がぶつかって、机がこちらめがけて落ちてくる。あたしはとっさにうしろに下がった。

いくつもの時計が落ちる。音が床に響いた。

「おまえがずっと僕を見てたんだろう！　僕が殺すのを、いつも」

「誰を殺したの！」

「こんな町、戻って来たくなかった！　僕はずっとこの町に呪われてるんだ！」

大きくまた掃除機を振りかぶり、今度は机に叩きつけた。掃除機や時計の部品がこちらに飛んできた。あわててよける。

「もうみんな忘れたと思ったのに――」

「なにを！」

話しても埒《らち》があかない。とにかく押さえつけないと駄目だ。あたしは椅子を手に取って、思いきり窪のほうへ投げつけた。その額にぶつかる。また近くの時計が落ちた。

一瞬窪の表情から病的な色が抜けおちた。真顔になって、けれど次の瞬間にはまた目を見ひらく。

「窪、誰を殺したの！」

窪が掃除機の先端であたしの真横の椅子の山を崩す。椅子と時計が崩れおちてきて、あたしの脛《すね》にぶつかった。

顔をしかめながらとっさに手を伸ばし、掃除機を掴んだ。窪が引こうとするのを動かさないように力を込める。あたしたちは向かいあった。

「誰を殺したの、言いなさい！　三上？　ドライアイス事件の被害者？　それとも――遥希」

その名前を聞いた瞬間、窪の目がさらに大きく見ひらかれた。一瞬のうちに血走った赤い目があたしを睨みつける。

あたしも負けじと睨みかえした。

「遥希の事件のことをなにか知ってるの。まさか、遥希や蜂屋を殺したの！」

窪の表情が引きつった。

掃除機をあたしのほうに押しやって手を離す。足許に転がった時計を踏みつけてバランスを崩したあたしは尻もちをついた。そこに突然机が飛んできた。正面から受けとめようとしてとっさに無理だと思い、横に転がったところに別の机が襲ってくる。よけきれなかった。脇腹を衝撃が襲う。

園田ゆかりに刺されたのと同じ場所に。

声の出ない悲鳴を洩らしたその瞬間。

頭上に、いくつもの椅子が降ってきた。


熱い——痛い。

痛い。

意識が戻ると暗かった。膝を折って首を曲げ、縮こまった状態でいるとわかる。けれど四方に壁があってまるで体を動かせない。

ここはどこ。

一度強く目を閉じて深呼吸をする。目を開く。首は動かせないけれどなんとか目を動かした。本当に真っ暗だ。

注意深く肘や足先で周囲の壁を触ってみる。完全に平らな壁じゃなく、ところどころに出っ張りがある。箱——じゃない。

冷蔵庫だ。

横になっているが、サイズ的にかなり大型の冷蔵庫。あたしは今冷蔵庫に閉じこめられて、口にはガムテープが貼られていた。

さっと血の気が引いた。

コートを脱がされている。服越しに熱いと思ったのは、違う。冷たいんだ。

ドライアイス。冷蔵庫に対して横向きに入れられているあたし。首のうしろと肘の下あたりにドライアイスを差しこまれていた。多分二か所だけだ。

冷蔵庫という名の棺。

窪が、ドライアイス連続殺人事件の犯人だ。

落ちつけ、あたし。もう一度目を閉じる。

大丈夫だ。最近の冷蔵庫なら事故を防ぐために内側から開けられるように設計されている。そう思って肘で横の扉を押すが開かない。力を込めるたびになにかぱりぱりという小さな音が聞こえる。

それでようやく理解した。ガムテープかなにかで扉を押さえつけられている。

うっすらとテープの隙間から光が洩れてくるところもある。雑なのは突発だったせいか。今までのドライアイス連続殺人事件の被害者はもっと周到に体の周りにたくさんのドライアイスを詰めこまれて、体中が凍傷になっていたはずだ。

空気の逃げるところさえあれば、酸欠もドライアイスによる二酸化炭素中毒も免れる。

足で壁を押さえ、肘でまた扉を押す。開かない。

冷蔵庫に閉じこめられて死んだ遥希。

あたしはまた目を閉じた。このまま閉じこめられて、たとえ酸素がもったとしても、精神的にはどうだろう。ここにいたら遥希のことしか考えられない。

遥希もこんな気持だったのか。

遥希の閉じこめられた冷蔵庫は業務用のもっとしっかりしたやつだった。テープなんかで留めなくても内側からは開けられない。

廃工場で誰もいなくて、自分では扉を開けられなくて。

助けを呼んだだろう。あたしや隼人のことも呼んだはずだ。でも聞こえなかった。届かなかった。

これは罰か。遥希の声に気づかなかったあたしへの。

遥希が呼んでいるのか。

心持ち苦しくなってきた。隙間が少なすぎるのかもしれない。体勢もきつい。このままあたしは死んでしまうのかもしれない。

遥希を殺した犯人も捕まえられないまま。

窪はすでに最低でも三人殺している。あたし一人加わったってどうってことはないだろう。

あたしはここで死ぬのか。

隼人。

それならせめて、隼人が。

ドライアイスに当たっている部分の皮膚が焼けそうに痛い。酸素が本当に薄くなってきて、あたしは咳こんだ。息苦しい。

できるなら、この手で犯人を捕まえたかったけど——。

隼人、お願いだから。

あなたが。

次の瞬間、あたしは目を見ひらいた。

未希。

声が聞こえた気がした。

はっとして反射的に壁を蹴り、肘で扉を叩く。

「未希！」

今度こそ近くで声がした。

びりびりとテープを剝がす音がいくつも続き、ふいに扉が開かれた。

蛍光灯の光が眩しい。

腕を摑まれて冷蔵庫から引っぱりだされる。固まった首をゆっくり動かすと、真正面に隼人がいた。

「大丈夫か！」

口のガムテープを、動かせるようになった手で剝がす。

「隼人、遥希はこんなふうに死んだの。こんなふうに、冷蔵庫に閉じこめられて……」

「未希、落ちつくんだ」

「こんな寒い雪の日に、冷たい冷蔵庫の中で！」

隼人の上着に爪を立てる。隼人はリュックから出したボトルの水を口に含み、ぐっとあたしの頭を引きよせた。

唇が重なり、熱いお湯が隼人からあたしの中に伝わってくる。

思わず飲みこんだ。

熱い飲み物なんて何年ぶりだろう。隼人は残ったお湯をあたしの頭からぶちまけた。

「あつっ」

熱が戻ってくる。それで逆に冷静になった。

「隼人……」

隼人はリュックからタオルを取りだすと、あたしの頭にかぶせた。あたしは自分で髪を拭く。

「正気に戻ったか」

しっかりと頷いた。

「ごめん、助かった。隼人――どうしてここに」

「未希がハルに、窪の乗ったタクシーのナンバーを送っただろう。それで俺がタクシー会社に照会をかけたんだ」

「隼人さんが時計売場に戻ってきて助かったんだ。未希さんになにかあったらどうしようかと思った」

ふいにハルの声が聞こえて、あわてて隼人から離れる。ドアのところにハルも立っていた。

「ハル、ありがとう」

「ほんとに無事でよかったよ」

「隼人もやっぱりデパートにいたのね」

「ああ。俺は窪を見てたから。そっちも同じだろう」

「まあね。隼人、あの店員が窪哲志だって気づいてたの？」

「窪のことはずっと気になっていたからな。何日か前に店に行ったときに、名札を見て、窪という名前だって気づいて調べたんだ」

寒くて冷えきった胃のあたりに、熱が戻ってくるようだった。

隼人も、遥希の事件を忘れていない。

「宇月さんも窪って人の家からこっちに向かってるって。さっきこの場所をメールしておいた」

スマホを見ながらハルが言った。

「窪の家？」

「窪さんが自宅に戻ってるんじゃないかって、宇月さんはそっちに行ったんだ」

その言葉が終わってすぐ、宇月の声がした。

「未希！　無事やったか」

手錠をかけられた窪が仏頂面の曽根に引きずられていた。窪はかすかに視線を落とし、こちらと目を合わせない。

「捜査から外されたくせに危ないことしよって。わかっとんのか」

「ごめん、ちょっと話を聴きたいだけだったの。曽根くんが逮捕したの？」

「そうですよ。とりあえず蝶野さんの監禁容疑です。逮捕のネタ提供してくださってありがとうございます」

こんなときでも厭味なのか、それともただ素直に感謝されたと受けとればいいのか。

「こいつの家、時計だらけでやばかったわ。鑑識呼んだけど、百個くらいあったんやないか」

「窪――」

窪に摑みかかろうと伸ばした手を、隼人に逆に摑まれた。

「俺がやる」

「え」

言うが早いが、隼人は窪の体を曽根からもぎとるようにして、開いたままの冷蔵庫へと押しこんだ。暴れそうになる窪を押さえつけて手早く扉を閉める。

あたしたちは誰も身動きできなかった。なにが起きたか認識したのは、窪の悲鳴が聞こえてきたからだ。

「助けて！」

窪は暗所恐怖症だという話だ。冷蔵庫に閉じこめて大丈夫なのか。

中でどすどすと暴れている音が聞こえるが、扉は外から隼人が押さえている。

「ま、町岡さん、やめてくださいよ、おい！」

あわてて止めようとした曽根が、腹を隼人に蹴られる。曽根はそのままうしろに尻もちをついた。

「やめて——殺さないで！　僕が悪かったんだ！」窪の声が調子の外れた音階のようにどんどん高くなっていく。「僕たちがあんなことをしたから——遥希が！」

遥希。

タオルを握りしめたまま凍りついたあたしを見て、隼人が冷蔵庫のほうにふたたび向きなおった。

「おまえは遥希になにをしたんだ」

冷蔵庫の扉を押さえつける手。反対の手で隼人は時計を確認する。あの懐中時計——。

あの時計を、持っている。

「れ、冷蔵庫に閉じこめた」

「おまえは大人の男が遥希を閉じこめたと、十七年前そう証言したはずだが」

冷蔵庫を見つめる隼人の目は刑事の目だった。

「違う。嘘をついた――嘘だったんだ。怖くて。遥希が死んじゃったって聞いて怖くて」

「おまえが閉じこめたのか」

「りょ、亮と二人で」

蜂屋亮。

「なんでそんなことをしたんだ」

あたしも隼人の隣に行った。本当は早く窪を冷蔵庫から出さなきゃいけないと思うのに。

「遥希の時計が恰好いいって教えてもらったんだ。そんなわけない。僕の時計よりいい時計なんて持ってるはずがない。僕の時計は壊れたのになんで遥希の時計は動いてるんだ……」

なんの話だ。

「遥希は、いつも親がどんなに恰好いいかを話してた。自慢げに……なんだよそれ、自慢したって、いつも一人だったくせに。僕と同じだったくせに」

あたしは隼人を見つめた。隼人の視線はじっと冷蔵庫に向いている。

「遥希の時計のことを教えてもらったというのは、誰に」

「知らないおじさんだった。それでどうしても見たくなって、でも遥希は貸してくれなかった。亮とひったくろうとしたけど、どうしても遥希は渡さなかった。だから二人で冷蔵庫に遥希を押しこんだんだ。二人で扉を閉めた」

「蜂屋はどこにいるの」

あたしは冷蔵庫に近づいて訊いた。

「知らない！　あの日の夜遅く、亮のお母さんからうちに電話が来た。亮が夕飯のあといなくなったって、僕に知らないかって。亮はきっと、遥希の様子を見に行ったんだ。僕は、亮が遥希を逃がしたんじゃないかって、こっそり……そうしたら男がいて」

「誘拐犯を見たの？　それは三上？」

「違う。もっとすらっとした、スーツの男だった！　黒いコートを着てた！　亮はぐったりしてて、動いてなくて、男が亮を引きずってたんだ。僕は怖くなって逃げた——それから亮はいなくなって……」

「未希！」

だんだん窪の声が嗄《か》れてくる。ここまで聞けば充分だ。あたしは隼人を押しのけた。

隼人の制止の声を聞かずに冷蔵庫の扉を開ける。手を伸ばして空気をかきむしるように、窪が転がりでてきた。

「未希、どうして」

「あたしたちは刑事だよ」

あたしたちは見つめあった。

「俺はとっくに刑事じゃない。もう警察官ですらない」

隼人の言葉が染みてくる。

窪がふと隼人を見て、うわあと声を上げた。もう一度助けて、と叫ぶ。

「窪、落ちつけ！」

宇月が、横たわる窪のそばにしゃがみこんだ。

「黒いコート——黒いコートの男が僕を追ってきたんだ！　助けて！」

「落ちつけ、もう大丈夫や。窪、ドライアイス連続殺人事件の犯人はおまえやな」

荒い息を吐きながら窪が何度も頷いた。手錠の鎖が何度も床にぶつかる。

「デパートの休館日は時計が足りなかったの？」

あたしが訊くと、一瞬窪は嬉しそうな顔をした。

「なんや未希、それって」

「これだけ時計に囲まれていたのに、それでも——」

それが、窪の受けた呪いだったのだろうか。

「なんでドライアイスだったの？」

「あの夜、見に行ったとき、亮の死体がスーツの男に引きずられてて、白い煙で曇って見えて」

「白い煙？」

「煙が出てた。多分あれはドライアイスだったんだ……。アメリカで——友達とキャンプに行ったとき、近くで殺人事件が起きて……箱の中で子供が死んでた。ドライアイスで二酸化炭素中毒を起こしてた。そのとき思ったんだ。ドライアイスなら、簡単に人を殺せる——人を殺しても証拠が残らないって」

実際は死因や凍傷の痕などで、ドライアイスを使ったとすぐにわかったわけだが。

「十七年経ってもうみんな忘れたと思ってたのに、知らない人間からスマホが届いて、電話があって」

「それは最近の話？」

「先週……」

「なんの電話だったの？」

「あの男を──殺せって」

「誰のこと」

「三上……」

繋がった。

「あなたが三上も殺したの？」

窪は何度も頷いた。

「言うとおりにしたのに──駄目だった。人違いだった。きっとあいつは僕を見てるんだ。あいつを殺さないと──三上に罪を着せようとして──でも僕は騙《だま》されない、あいつが」

「あいつってのは誰なの」

「わからない」今度は大きく頭を振る。「あいつだ──亮を殺した男だ……！」

「あかん。妄想やないんかな。正気には見えん」

宇月が冷静に言った。窪は地べたに這いつくばってダンゴムシみたいに丸くなる。

「……やっと、やっと捕まった。これでもうあいつから電話は来ないのかな。もうこれで、よく眠れるのかな」

宇月を見る。

「窪の家にそのスマホはあった？」

「気づかんかったな。あっちの部隊に電話して捜してもらおう」

あたしは頷いて、手錠のかかった窪の手を引き、立ちあがらせた。そのまま曽根に引きわたす。

三上を殺したのは隼人じゃなかった。

こちらを見ている隼人と目が合った。なのに隼人はまだ暗い顔をしている。

「これでやっと――未希に本当のことが言える」

「どうしたの」

「十七年前のことだ。あの夜俺は、遥希や窪の同級生だった蜂屋亮を殺したんだ。窪が見た、スーツの男というのは俺のことだ」

なにを言ってるんだろう。

隼人の言葉が、あたしはとっさに理解できなかった。

◆

十七年前のあの夜、病院に来た未希にあとを託し、隼人は遥希の事件の捜査に戻った。朝になったら、遥希の身内の隼人は捜査から外される。どさくさに紛れている今のうちが勝負だった。だが子供が工場の跡地で遊んでいただけという、事故に落ちつきそうな雰囲気に耐えられなくなって、裏手の林で同僚にもらった煙草を吸っていた。

遥希が生まれてから一度も吸っていなかった煙草だが、もう遥希はいない。吸わずにはいられなかった。白い煙が闇に溶ける。

そのとき、草むらの中からこちらの様子を窺っていた子供を見つけた。

蜂屋亮。

遥希の友達だと隼人は知っていた。だが様子がおかしい。

隼人は逃げようとする蜂屋を捕まえた。なにがあったのかと問いつめる。

そうして知ったのは、蜂屋と窪が遥希を冷蔵庫に閉じこめたという事実だった。

殺すつもりはなく、子供の遊びのつもりだったんだろう。

だが結果として遥希は死んだ。

蜂屋と窪が殺した。

ごめんなさい、何度も繰りかえす蜂屋を隼人は思いきり殴った。

その瞬間、蜂屋は隼人の手から離れて倒れ、近くの木の幹に頭をぶつけた。ぐったりとして動かなくなった。

「隼人が蜂屋を殺したの？　蜂屋は誘拐されたんじゃなくて、やっぱり」

未希の問いかけに、隼人は頷いた。

「蜂屋と窪が、遥希を殺したんだ。だから」

動転した隼人は蜂屋の遺体をその場に放置し、捜査に戻った。

一晩経って周囲が明るくなったころ、平常心を取りもどした隼人は蜂屋を殴った現場に向かった。

自首するつもりだった。だが、蜂屋の遺体はどこにもなかった。

殺してなんかいなかったのか。一瞬そう思った。

だが蜂屋亮は消えた。両親からは捜索願が出され、どこからか怪しい男の目撃談が湧いて出た。窪もまた、遥希を冷蔵庫に閉じこめたのは大人の男だったと嘘の証言をした。隼人は黙ってその証言を聞いていた。

小学生の〈悪ふざけ〉からはじまった出来事は、殺人と誘拐に姿を変えた。事故ではなく、事件となった。

隼人にもなにが起きたのかわからなかった。だがあの日蜂屋を殺したことは事実だ。なにかあったら未希の経歴にも傷がつく。遥希の一周忌を迎えたころ、自分から捜査畑を外れた。未希は家を出ていった。

そうして十六年が経ったある日、遥希の葬儀を手配した葬儀社の三上秀明が自宅に訪ねてきた。遥希に線香をあげた三上は、十七年前、隼人がなにをしたのか全部知っていると言った。

あの場で拾ったというコインケースも見せられた。遥希の葬儀でばたついていたときになくしたと思っていた隼人のコインケース——未希から警察学校の卒業祝いにもらったものだった。

「三上はその隙に蜂屋の写真をちぎって灰に混ぜたんやな」

宇月が言う。なんの話だろう。

十七年前、蜂屋の遺体を隠したのはおまえかと問いつめたら、三上は金を要求してきた。そのまま銀行から喫茶店に行き、金を払った。百万円。意外に安い金額だったが、万が一自分になにかやばいことが起きたら揉みけしてくださいよと三上は嗤った。なにかしたのかと訊いたが、なんでもないとごまかされた。

翌日、三上は死んだ。

窪が三上を殺した。

窪は隼人のせいで暗所恐怖症になり、スーツの男を怖がるようになった。窪の心にトラウマを植えつけ、殺人犯に仕立てたのは隼人だった。

窪はあきらかに心神喪失状態だ。その結果がドライアイス連続殺人事件なら、隼人は窪や事件の被害者たちの人生も変えたことになるのかもしれなかった。

——人を殴って気持よくなればいいが、そうじゃないならやめておけ。

蜂屋を殺してから何度思いかえしただろう。宇月の父親の言葉が隼人の心に染みをつくる。それは滲んで十七年のあいだに少しずつ大きくなり、やがて隼人を呑みこみそうになる。

パトカーのサイレンが、聞こえてきた。

第六章

――捕まったら〈薬〉を飲めばいい。

赤いスマホと一緒に送られてきた錠剤。

――そうすれば全部終わる。

全部ってなんだ。自分は楽になれるのか。

――楽になれるよ。

甲高い声が嗤う。

すべての記憶をなくして。

――なにを忘れたいんだ。

冷蔵庫から聞こえてきた声の記憶。ドライアイスの煙とともにあった死体の記憶。夜の記憶。アメリカで見つけた死体の記憶。丸まっている死体。なにごともなかったような綺麗な死体。触れたドライアイスの硬さ。冷たさ。熱さ。

寒さ。暗さ。

なにもかも忘れたかった。

この音さえも。

かち　かち　かち。

それでいいのか。

両親がくれた金時計。あの記憶まで消してしまって、それで自分はいいんだろうか。

自分は――僕は。

◆

ひどく取りみだした窪は、病院へ向かう途中、持っていた薬を飲んで自殺を図った。

窪を病院まで連行していたのは、大岸と曽根だった。

あたしは隼人が逮捕されたのち――手錠をかけたのは宇月だ――官舎の自宅の家宅捜索に立ちあい、そのまま家に泊まって、夜明け前、ベッドの中で一通のメールを受けとった。

鑑識の瀬戸からだ。鑑識は一晩ずっと働きづめだったんだろうか。窪の自宅、あの使われていない公民館、調べなければならない場所は山ほどあった。

同じ眠れないにしても、家にいられただけあたしのほうがましだった。それでも前夜もほとんど寝ていなかったので、年齢的にはダウン寸前なのだけど。

よろよろと立ちあがって、水道水で鞄に常備しておいたプロテインを飲む。いつも一気に飲みほすのに今日は途中で粉が咽喉につかえ、吐きだしそうになった。しばらくじっとシンクに残る水滴を見つめる。

冷蔵庫を開閉してみると、たしかにパッキンが少し弱くなっていた。ドアを開けたまま冷気を感じる。

それからベッドに戻り、また瀬戸からのメールを読みながら毛布にくるまって一時間ほど考えごとをする。このあいだからずっと考えていたことが少しずつ形になった。病院から大宮署に戻っていた大岸に電話で連絡をしたあと――窪の件で大目玉を食らったらしく、大岸はひどく不機嫌だった――ハルと宇月に一本ずつメッセージを入れた。

周囲が明るくなったころ、やっとあたしは身支度をはじめた。

外に出て思わず息を呑む。

世界は真っ白な雪景色だった。しばらく茫然《ぼうぜん》と佇《たたず》んでいたあたしは、おはようという声で我に返った。

「ハル――」

「どうしたの」

「……来てくれたんだ。ありがとう」

「なにそれ。自分で呼んだくせに」

いつものキャメルのダッフルコートを着たハルはキャップをかぶり、マフラーに手袋と防寒対策はばっちりだ。並んで歩きだす。

「結局、窪の自宅からスマホは出なかったんだって」

「捜査情報、俺に喋っていいの」

「もう窪は逮捕されて、病院へ向かう途中で……死んだしね」

窪が自殺を図ったことはハルも知っている。眉根を寄せた。

「あの人だいぶメンタルやられてたし、電話なんて本当に妄想だったのかもしれないね」

結局ハルは、蜂屋でも窪でもない、ただのハルだった。

「……うん」

窪が見ていたスーツ姿の男は隼人だった。

隼人が窪の人生を変えた。それは否定できない。隼人には責任を取る必要があると思う。でも。

「どこ行くのかと思ったら、ここおとといの夜のお寺だよね。昼間で雪景色だとだいぶ雰囲気変わるなあ」

お寺の門に到着するとハルが言った。たしかに雪の日のお墓参りなんてあまりしないだろう。

入口の駐車スペースを見ると、白い車が停まっていた。あたしに気づくと運転席から曽根が降りてきた。じろりとあたしを見ながら後部座席にまわりドアを開ける。隼人と大岸が乗っていた。

隼人の手首には手錠が嵌まっている。

「おはよう、隼人。留置場の寝心地はどうだった?」

「そんなに悪くなかった」

隼人は微笑した。

「歳とると朝が早くなるって言いますけど、本当、早すぎじゃないですか。蝶野さん」

「早起きは三文の徳って言うのよ」

「ちょっとの徳なんてあってもなくても変わりませんね」

曽根はこんなときでも変わらなくてなんだかほっとする。どうもあたしは緊張しているらしい。

「大岸さんも朝からすみません」

「これ鑑識の瀬戸から預かってきた。あとで返してくれってさ」

紙袋を渡される。あたしは大岸に向かって、すみません、と声に出さずに唇だけ動かした。大岸もだいぶ表情が硬い。お互い、らしくない。

「このお寺にはあたしの息子のお墓があるんです」

「なにする気だ、未希」

「なにもしないよ」隼人が笑みを消すが、あたしは笑みを浮かべる。「お墓参りがしたかったの。隼人と一緒に」

「俺が手錠をかけられた姿を遥希に見せるつもりか」

「それでも、隼人は遥希のためにやったのよね」

あたしが先頭を歩き、みんなで遥希の墓の前に到着した。命日に飾ったアネモネは萎れてきているが、菊はまだ残っている。

「未希――これは」

隼人が言った。それもそのはずだ。

おととい の夜、あたしが開けた納骨室はまだ開いたままだった。ビニールシートをかぶせて石で四隅を押さえ、雨風が入らないようにしているが蓋の石板はよけて脇に置いてあった。

「隼人？　未希、大岸、曽根くんと——それにハルまで。寺の周りにもえらい覆面おったけどなにやっとんのや」

砂利を踏む音は聞こえなかった。声に振りかえる。いつのまにか宇月があたしたちのそばに立っていた。

「宇月、おはよう。来てくれてありがとう」

「朝から呼びだされたからな。未希の誘いならいつだって来るで。でもどういうことや」

「このお墓、あたしが開けたの」

宇月の目がビニールシートに注がれた。

「十七年前、遥希の四十九日にここで納骨をした。大岸さんも来てくれた。宇月もこうして駆けつけてきてくれたわね。あのときお墓の中には、遥希の遺骨と形見の懐中時計が納められた……はずだった」

隼人を見つめる。隼人もあたしを見ていた。

「隼人。まだあの時計——遥希と三人でお揃いの懐中時計、使ってるのね」

「え。ああ。未希も使っているんだな」

「知ってたんだ」

「ああ」

「あたしの時計は今修理中だけどね。あたし、きのうまで隼人はもうあの時計を使ってないと思ってたの。ちょっと前には腕時計してたから」

「俺の時計も修理に出してたんだ」

「なんだ――」あたしはくすっと笑ってしまった。「あの時計はチェーンの誕生石だけ変えた同じものが三つあった。一つは隼人、一つはあたし、そして遥希。遥希の時計は骨壺に入れて、一緒にこのお墓にしまったわね。……あたしね、隼人ともう一度やり直したかった。隼人が懐中時計をもう持ってないって思ってたから、離婚の決意を翻させるにはあの時計が必要だって思いこんだの。それで遥希の骨壺からあの時計を取りだして隼人に渡そうなんて考えたんだ。らしくなくて恥ずかしいんだけど」

隼人は表情を変えない。あたしはハルに私物のスマホの電源を入れて渡した。

「ハル、このあいだの動画をみんなに見せて」

「オッケー」

ハルがあたしのスマホを操作した。動画が映る。ナイトモードで撮影したので、夜でもはっきりとなにをしているのかわかった。

あたしが石板をずらしている場面だ。

「もとへの戻し方がわからなくなると困るから、動画を撮っておいたの。それがまさかこんな証拠になるなんてね」

「証拠？」

動画の中のあたしがなにかに気づく。ハルと並んで墓の下を覗きこむ。

骨壺の隣にあった缶を取りだし、蓋を開けた。そこに入っていた白い粉のようなものまで画面に映る。「なにこれ、骨?」とハルが訊く声まで録音されていた。

「骨……?」

隼人が呟いた。大岸と曽根は黙っている。大岸には電話であたしの考えをすべて話してあった。そうしないと捜査本部にかけあって隼人を連れだすことはできなかったからだ。

けれど大岸だって半信半疑のはずだ。じっとこちらの話を聞いている。

あたしは瀬戸から預かった紙袋の中に手を入れ、缶を取りだして開けてみた。中は空だ。

「今はなにも入っていない。中身は全部鑑識が出したはず。骨は墓の下って、こういうのも木を隠すなら森の中って言うのかな……隠したかったたんじゃないかもしれないけど」

「なんの話だ」

「この缶から指紋は出なかった。でも中には人間の骨が入ってた。焼いた遺骨を使ってDNA検査をすることは難しい。今一所懸命鑑識が頑張ってくれてるけど、骨の主を特定はできないかもしれない。でもね、量からおそらく小学校低学年くらいの子供一人分の骨だって言われた。蜂屋、だと思う。蜂屋の遺体はどこかで焼かれて、遥希と同じお墓の中で十七年間眠っていたの」

「まさか……」

あたしは隼人を見かえした。

「隼人がいなくなったあと、官舎に行ったら、線香立てが引っくりかえっていた。その灰に小さくちぎった写真が混じってたの。それを鑑識が復元してくれた」

さっきの瀬戸からのメールに添付されていた画像ファイルを開き、スマホの画面をみんなに向けた。ハルには刺激が強すぎると思って避けようとしたが、腕を取られて自分のほうに向けられた。

子供の死体写真だった。誰かがその脇の下に手を入れて、引きずろうとしている。その引きずっている人間の姿はちょうど上半分ほどが切れ、肝腎の顔は写っていなかったが、子供の顔ははっきり見えた。

「未希さん……誰この子」

「蜂屋亮」

「どういうことだ」

隼人が訊いた。思わずこちらに一歩踏みだそうとするのを曽根が押さえつける。

「三上は十七年前、蜂屋亮の遺体の写真を撮っていた。このあいだ、官舎に三上が訪ねてきたんでしょう。そのとき三上はお線香をあげたのよね」

「ああ、一応葬儀社の習慣だからって」

「そのとき三上が隼人に気づかれないように家の灰にその写真をちぎって混ぜたのかと、最初は思った。そうしておけば万が一、三上になにかあっても、隼人の家を家宅捜索すればこの写真が出てきて隼人も道連れにできる、今回みたいに。そういう三上の作戦かと思った」

足の裏から冷気が立ちのぼってくる。冷たい。

「でも違う。隼人は毎年、遥希の命日に灰を綺麗に掃除して全部入れかえるのよね。あたしが命日過ぎにお線香をあげに行くと、いつも灰が綺麗になってた。今年もそうしたってこのあいだここで言ってたよね」

「……ああ」

隼人は頷いた。

「今年の遥希の命日には、三上はもう死んでいた。その後に灰に写真を混ぜることはできない。そして隼人が家を出てからあたしたちが家捜《やさが》しをするまで、ほとんど時間はなかった。なら、誰が」

顔を上げる。宇月と目が合った。

「なんや、未希」

「きのう隼人の告白を聞いたとき、宇月は灰に混じった写真に蜂屋が写っていたと言った。まだ鑑識の判明前だったのに、なんで宇月が知ってたの」

宇月の咽喉仏が上下した。

「堺花音の聴取前に判明したんじゃ――」

「そんなこと言ってない。あたし、考えたの。隼人を捜してうちに行ったとき、宇月だけがリビングにいた。宇月なら、あのとき線香立ての灰に写真をちぎって混ぜることができた」

「写真の件は、なら俺の勘違いや」

「もう一つ。宇月、あたしがあげたコインケース、今持ってる？　いつも使ってるやつよ」

「あたりまえや。大事なもんやからな」

「見せてくれる？」

宇月はコートのポケットからコインケースを取りだした。あたしが手を伸ばすと、不思議そうな顔をしながらも放ってくれる。

使いこんで艶を増した黒革のコインケース。あげたときは三十年近くも使ってもらえるなんて思ってもみなかった。

「隼人はなくしたのよね」

「……三上が持っていた」

「三上はローズマリーって喫茶店で、隼人にこれと同じコインケースを見せていた。十七年前、隼人が落としたのを拾ったって——そういうことよね」

「返してもらおうとしたが、十七年前の証拠だからって」

三上にしてみればそれをネタにまだまだ隼人を強請《ゆす》るつもりだったんだろう。でも三上は殺された。

「三上の持っていたコインケースらしい残骸は、車輛爆破事件の現場から見つかったんだって。多分、このコインケースと素材が一致するはず。それが三上が隼人に見せたコインケースだと思う。完全に消えてなくならなくて残念ね」

あたしは宇月に向かって言った。宇月がなにか言おうとするよりも早く、あたしは続ける。

「このあいだ、署の休憩室で宇月はあたしにこのコインケースを貸してくれたでしょ。あのときに気づいたの。これは、あたしが隼人に渡したコインケースだった」

「は？　なに言うてんのや」

あたしはコインケースの蓋を開いた。

「隼人のコインケースは宇月が持っていた。とすると十七年前、三上が現場で拾ったのは宇月のコインケースだった。あのとき、宇月は自分のコインケースがなくなったことに気づいて隼人のコインケースを盗んだ。いざというとき……三上が今回みたいに脅しをかけてきたときに、自分のコインケースじゃないと言い張るために。違う？」

「だから未希――」

珍しく宇月の言葉に苛立ちが含まれた。言葉をかぶせる。

「ごめん。今だから白状する。あたしがつけたコインケースの刻印は、隼人には〈Saitama Prefectural Police〉、でも宇月のほうはあたしが一か所スペルミスをしていたの。Prefectural の二つめの e が抜けてたんだ」

宇月の動きが止まった。

「最初のコインケースで刻印間違いに気づいて、でもあたしは黙ってそれを宇月に渡したの。きちんと刻印できたほうは隼人にあげた。だからわかる。宇月がずっと使っていたこれは、もともと隼人のものだったのよ」

宇月のコインケースを見るたびにひっそりと浮かんでいた罪悪感。申しわけないと思いながら、宇月が気づかないのをいいことに黙っていた。

あたしは余計な感傷を振りはらった。

「つまり十七年前、蜂屋が死んだ現場には宇月もいた。隼人が蜂屋亮を殴りつけたのは本当。でもそれで、蜂屋が本当は死んでいなかったとしたら？」

ざざっとどこかで雪が落ちる音がした。

「窪は言ったわ。知らないおじさんが遥希の時計が恰好いいと教えてくれたって。それがきっかけで遥希は冷蔵庫に閉じこめられることになった。隼人とあたしと遥希でお揃いの懐中時計を持っていたことを知っていたのも、宇月――あんたよね」

宇月の顔色は白くなっていた。積もる雪の反射でそう見えるだけだろうか。

「窪を脅していたのもあんた。きのう窪の家に行ったとき、送られてきたっていうスマホを回収したんでしょ」

「だから……なんで俺がそないなことせなあかんのや」

「窪はとっても神経質で、そのスマホの主との会話を録音してたらしい。ボイスチェンジャーで声を変えてるけど、今それも鑑識で調べてもらってる」

「なんでそんなこと。窪はもう死んで――」

「……生きてんですよ」口を挟んだのは曽根だった。「窪は生きてます。俺が病院へ行くパトカー運転してたんです。うしろで自殺しようとする窪を大岸さんが押さえつけたんです。そのまま病院へ運んで、朝まで霊安室に俺がずっと閉じこめておきました。上には死んだって一度報告したんですけどね。――ここに来る前、署に引きわたしてきて、雷落とされましたよ。俺、蝶野さんのせいで多分降格です」

「本当にごめん。あとであたしからちゃんと言うから。ハルも、本当のことを言えなくてごめんね」

曽根は顔をそむけた。ハルは目を見ひらいている。

「窪が……生きてる?」

宇月も茫然と呟く。あたしは曽根から宇月に視線を移した。

「きのう車に乗せる前に窪にこっそり訊いたの。電話の主からなにか渡されなかったかって。窪は薬を持っていた。スマホと一緒に送られてきた、楽になれる薬だって――とんでもない。それは毒だった。窪もそれをわかっていて、自殺するつもりだった。あたしは大岸さんと曽根くんに協力してもらって、窪はパトカーの中で死んだことにした」

「大岸も知ってたのか。なんでそんな七面倒くさいことを」

「宇月が遥希の事件にどう関わってるか、きのうの時点ではまだあたしの考えがまとまっていなかったから」

「今はまとまったのか」

「だいぶ」

宇月は、はっと声を出して笑った。あたしは笑わない。

「十七年前、誰かが蜂屋と窪をけしかけた。それがきっかけで遥希は冷蔵庫に閉じこめられて死んだ。なにも知らず怒った隼人が蜂屋亮を瀕死《ひんし》の目に遭わせたけど、蜂屋は気絶しただけで死んでいなかった。それを誰かが見ていた。その誰かは隼人がいなくなったあと、本当に蜂屋にとどめを刺して、その遺体を焼いて遺骨をここに隠した……誰かってのは、宇月、あんたね」

「なるほど——ここが正念場か。あのころ、俺たちはまだ三十代だったけど、小学生のガキんちょから見たら、たしかに充分おっさんだよな」

宇月が懐に手を入れる。あたしもとっさに拳銃を取りだしたが遅かった。宇月はハルの腕を引き、胴体に手をまわして抱えこんだ。ハルの頭に銃口を突きつける。キャップが雪の上に落ちた。

「ハル！　なにしてるかわかってるの、宇月」

「わかってるよ。曽根、動くな」

近づこうとしていた曽根が、砂利の音をたててあたしのすぐ横で止まる。

「この墓を開けたとき、線香皿にひびを入れたのね」

「線香皿？　そういえば落とした気もするけど、なんせ十七年も前のことだからな、もう忘れたよ」

「十七年前、三上に協力してもらったの？」

「いや。俺は隼人が蜂屋を殺しそこねたのを見て、隼人がいなくなったあとあらためて蜂屋を殴り殺した。三上の車から段ボールとドライアイスを盗んで遺体をその中に隠して運んだ。窪が見たっていう白い煙はそのときのものだったんだろう」

いつのまにか、宇月の言葉から関西弁が抜けていた。

「失敗したのは、三上がドライアイスに気づいて俺を追ってきたことだった。それと、コインケースを落としたことかな」

「三上が見た刑事は、隼人じゃなくて宇月だったのね」

「三上の存在に俺は気づいたが、あとで口止め料を払っておいたら三上は黙ってた。あいつは闇金の常連客だって、当時二係にいた俺は知ってたんだよ」

「隼人のことを三上に教えたのも宇月なの」

「ああ。今回金を無心してきたから、隼人を訪ねて十七年前のことを仄《ほの》めかせば金が出てくるって言ったんだ。あのコインケースは隼人のものだって言っておいた。もっとも俺も百万払わされそうになったけどな」それで二百万か。「だが、一度金を無心してきた奴は二度三度と続けるようになるってのがセオリーだ」

「それで三上を殺すことにした？」

「三上は俺にとっては爆弾だからな。いつか殺さなきゃいけないかもって思ってた。ちょうど窪が大宮に戻ってきて、事件を起こしてたからな。罪を着せるにはうってつけだった。うまくいけば二人まとめて消せる」

「窪がドライアイス連続殺人事件を起こしていたことを知ってたの？」

「窪も俺が蜂屋を片づけるところを見てたからな。ガキだから放っておいたが、ずっとその動向は気にしてた。アメリカから帰って、大学に入って、就職して——奴は大宮に戻ってきた。俺は奴を見張ってたんだ。そうしたらあいつはあの古い公民館の建物でなにかしはじめた。中に入ってみると、ドライアイス製造機と、そばに冷蔵庫があった。案の定、あいつは仕事が休みの日に男を拉致してあそこで殺した。黒いコートにスーツの男だった——十七年前の夜、俺はスーツの上から黒いコートを着ていた。窪は俺を探しているんだとわかった。殺したほうがいい。だが今じゃない。なにかに使えるはずだ。そう思った。窪はあの建物の近くに男の遺体を放置した。俺はそれをわざわざ大宮西署管内で川越署との境目に近い荒川沿いの公園まで運びなおしたんだ。まだ窪が捕まる時期じゃなかったからな」

「ドライアイス連続殺人事件にも加担してたってこと」

「加担——まあそうとも言えるかな。それから窪が休みで俺が動ける日は窪を見張るようにした。そしてデパートの休日だった十二月二十六日、窪は俺の目の前で二度目の犯行を行った。今回もまた近くに遺体を放置したから、わざわざ前回とは違う北のほうへ遺棄しておいた。本当なら他県とかに捨てたかったんだけど、俺もあいにくそこまで暇じゃなかったし、あんまり遠くに遺棄すると窪が捕まった——死んだあとで逆に怪しまれるからな」

「そんなことをずっと続けるつもりだったの？」

「まさか。俺だって窪の使い道を考えていたさ」

そうじゃなくて。言おうとして思いとどまった。宇月の銃口はハルに向いている。いたずらに刺激したくない。

「そうしたらまた、三上から連絡が来たんだ。俺は窪にスマホを送った。窪は十七年前の事件からずっと精神が不安定だった。アメリカで子供の死体を見つけたことがあったらしくて、それも輪をかけたんだろうな。それに自分が捨てたドライアイス殺人の遺体が別の場所で見つかっていることにも疑問を持っていたはずだ。その辺を突いて、十七年前の事件の犯人を殺せと唆した。精神的にやばくなってる奴を追いつめるのは簡単だ」

宇月なら大宮駅界隈の防犯カメラの死角もわかる。宇月に唆されて、窪は三上を殺した。

「事件の日、あたしたちがちょうど東口を通ったのも時間を計ったの？」

「偶然だけど、未希が大宮に行きたいって言ってくれてちょうどよかったな。せっかくなら見届けたいだろう」

宇月は薄く嗤う。

「それでも窪の発作は収まらなかった。窪はまた人を殺した」

「森って言ったっけ。大宮区役所の職員ね」

「そうだったかな。もう窪は死んでいい時期だったからな。遺体も窪が捨てたそのままにしておいた。あとは窪が死ぬのを待つだけだった」

「宇月――なんでそんなことを」

隼人が声を発した。宇月の目が鋭くなる。

「おまえだよ、隼人」声も低くなった。「俺はおまえに人殺しの汚名を着せたかったんだ。いや、正確には、おまえに自分が人殺しだと思って苦しんでほしかった」

「どういうことなの」

宇月がこちらに視線を向ける。

「隼人は高校時代、荒れてて、補導しようとした警察官を殴ったことがある」

「それは知ってる。宇月のお父さんだったんでしょ」

「ああ。親父は俺と同い年の隼人を諭して、殴られたことも不問に付した。親父は隼人がわかってくれてよかったって喜んでた。でもそれからときどきめまいを起こすようになって――二年後、脳の血管が破裂して死んだ」

「え……」

「実際誰かが隼人のせいだったと言ったわけじゃない。でも俺は思ってる。親父が死んだのは隼人のせいだ。俺は隼人を探した。すぐに見つかったよ。なんの因果か、俺たちは警察学校の同期だった。隼人は清廉潔白な顔をして、昔世話になった警察官のようになりたいなんて言ったよ。俺は、キャリアじゃなくこっちの道を選んで正解だった」

「宇月がいい大学を出てるくせにキャリアにならなかったのは」

「俺の――せいか」

隼人が呟いた。

「宇月、そんなの間違ってる」

引き金にかけた指先が冷たい。宇月の手も冷たいだろう。なのにそんな素振りは微塵《みじん》も見せない。

「間違ってないよ。少なくとも俺にとっては間違いじゃない。隼人は俺の親父を殺した」

「だから遥希が憎かったの？」

「窪と蜂屋を少し唆しただけで、俺にとっては一番いい方向へ転がった。蜂屋亮はあのとき木にぶつかって脳震盪《しんとう》を起こしてたけど死んじゃいなかった。隼人がちゃんと確認しなかったのは遥希のことや、自分が蜂屋を殺したって思いこんで動揺してたからだろうな」

銃の向こうで、よく知っているはずの宇月はまるで知らない顔を見せていた。ハルは気丈に立っているが、宇月の声の抑揚に合わせて銃口が動くたび、かすかに顔を緊張させている。

ハルを死なせるわけにはいかない。絶対に。

「宇月は――隼人が悪かったと思うのね」

「ああ」

「全部？」

「そうだな。俺の罪もかぶってもらいたいと思うくらいには」

「そうなのね――隼人！」

叫んだ瞬間、あたしは銃口でそばにいた隼人の頬を殴りつけ、そのまま銃を宇月に投げつけた。その銃が、一瞬あたしと隼人に気を取られた宇月の手にぶつかり、銃口がそれる。

走った。

ハルを突きとばし、宇月に飛びつくようにして雪の積もった砂利の上に押したおした。馬乗りになって襟首を摑む。

「……油断した」

「いつもの喋り方より今のほうが全然いい。宇月の本心が見えてる気がする」

「だから関西弁使ってたんだけどな」

ぐっと咽喉許を押さえつけるが、宇月は抵抗してこない。

「宇月。そういうところがあんたの弱みよ。隼人ならなにをしてでもどかせる。今殴ったのはあたしだけど」

「好きな女を殴れないよ」

「……十七年前のあの日、なにをしたの」

「いつも遥希があの二人のガキどもと廃工場やあの辺で遊んでたのは知ってた。だから二人に教えてやったんだよ。遥希はとっても恰好いい時計を持ってるってな。すごく値段の高い、名前の入った懐中時計を」

あたしと隼人と遥希。揃いの懐中時計。実際は一万円程度の代物なのに。

「俺はあの日、蔭から三人が遊ぶのを見てた。案の定二人は遥希にすごい時計を持ってるんだなって詰めよったよ。でも遥希は渡そうとしなかった。それで怒った窪が蜂屋に手伝わせて遥希を冷蔵庫に閉じこめた」

あたしは思わず宇月の首に両手をかけた。

「遥希を……見てたの。見てて助けなかったの?」

「未希と隼人を繋ぐ子供なんかに俺は興味ないからな」

宇月は灰色の空が眩しいとでも言うかのように目を細めて苦笑した。腕を伸ばしてあたしの襟首を摑み、そのまま引きよせる。

寒いはずなのにあたしの頬を伝う汗が、宇月の頬に落ちる。宇月の涙みたいに。泣いてなんていない。笑ってるのに。

宇月が父親を慕っていたことは知っている。警察学校時代、それであたしと宇月は意気投合したのだ。あたしも同じように警察官の父親の背中を見て育った。あたしの父親と同じくらい、宇月の父親も立派だったんだろう。だから宇月も警察官になった。

隼人が許せなかったのか。

許せなくて逸脱したのか。

「なんで……蜂屋の遺骨を遥希の骨壺の隣に隠したの。遺骨なんて捨てちゃえばよかったじゃない。どっかの水道にでもトイレにでも流しちゃえばよかったのに」

宇月の目がかすかに歪んだ。

「殺したガキと殺されたガキが一緒の墓に入ってるなんて、いい光景だろう」

「――宇月っ」

手に体重をかける。宇月の頭が雪と砂利に沈む。

「冷たい？　でもね、あの雪の日、遥希はもっと寒かった。もっとずっと寒かった。今のあんたよりももっとずっと冷たくなっていた……！」

「未希！」

「蝶野、やめろ！」

「寒くて凍えて震えて必死に助けを呼んでたの――」

手錠をほどかれた隼人があたしをうしろから羽交い締めにした。

「隼人、離して！」

「未希、きのう、窪を閉じこめた冷蔵庫をおまえが開けたんだ。人殺しはするな。おまえは刑事だ、遥希を殺した犯人が捕まってもまだ刑事だ、警察官だ！」

一瞬力が抜けた。

大岸と曽根があわてて宇月の体を引きずりおこし、その手首をあたしのほうへ差しだした。反射的に手錠をかける。

軽く咳こんだ宇月は、それでも言った。

「隼人。おまえは俺の親父を殺したんだ。その罪が返ってきただけだ」

あたしは顔を上げ、隼人の前に立ちふさがった。

「宇月は間違ってる。それは宇月のお父さんに言わせたら正義じゃない」

「そうかもしれない。でも俺にとっては、これがなによりの供養なんだよ。最初から隼人と俺に差をつけてたおまえにはわからないかもしれないけどさ——刻印が違ってたなんて残酷だな」

一瞬言葉を失ったあたしに、宇月は嗤った。あたしは軽く頭を振る。

「二度と……あたしの前に顔を見せないで」

「それでもおまえは俺のことを一生忘れない。遥希を殺すきっかけをつくった男でもなんでも、俺の記憶は絶対に未希の中から消えることはない」

否定できなかった。どんなに呪っても、どんなに恨んでも、どんなに憎んでも。

呪っているから。恨んでいるから。憎んでいるから。

忘れない。忘れられない。

「忘れなければそれでいいの？」

「それでいいよ」

あたしをうしろから抱きしめている隼人の腕に力が込められる。

「蝶野。すぐ応援が来る。町岡はそっちのパトカーに乗せてくれ」

大岸の指示が飛び、あたしは隼人の腕を外した。

「了解です」

「その若いのも一緒に連れてこいよ」

曽根があたしに自分の手錠を投げてよこした。大岸が宇月を伴ってパトカーに乗りこみ、曽根の運転で寺の駐車場を出ていった。代わりに待機していた別のパトカーから、鑑識や応援の刑事たちがばらばらとやってくる。

「ハル、大丈夫だった？」

「なんとか。未希さんのお蔭で助かったよ。ありがとう」

「あたしのせいで危ない目に遭わせてごめんね。署まで一緒に来て」

鑑識たちに遥希の墓の場所を示すと、あたしはふたたび隼人の手に手錠をかけ、その腕を引きながらパトカーに向かって歩きだした。

「未希。おまえに迷惑はかけたくない。離婚届は早めに出したほうがいい」

「隼人もあたしもずっと懐中時計を持っていた。それがやり直せる証なんじゃないの」

「俺も有罪だ」

十七年前、隼人は蜂屋を殴り放置した。結果、蜂屋は宇月に殺された。いくらとどめを刺したのが宇月とは言え、隼人が無罪でいられるはずがない。傷害――いや、殺人未遂だ。少なくとも警察にはいられない。

「職務上必要だったら離婚届だってなんだって出す。でもあたしはずっと隼人から離れたことを後悔してた。だからもう離れたくない。これからはあたしが赤いアネモネを持って面会に行く」

隼人は目を細めた。

「面会に行ったら、会ってくれるよね」

隼人はなにも言わなかった。けれど否定も返ってこなかった。

あたしたちはいつか、もう一度やり直せるだろうか。遥希の記憶を互いの胸に刻んだまま。宇月の記憶も残したまま。

揃いの懐中時計を何度も修理しながら、それでも同じ時を刻みつづけているように。過去は消えない。未来は見えない。けれど同じ時計の針が時を刻んでいけば、きっとどうにか生きていける。

あたしは雪の積もる砂利を踏みしめた。

署で隼人を担当の職員に引き渡し、あたしはハルを伴って廊下を歩いていた。ハルにはもろもろ証言してもらう必要がある。先着したはずの大岸を探していると。

「大岸さんから話聞いてますよ。蝶野さんの追っかけをやっている若い男の聴取を頼まれてます」

声をかけられる。滝坂が立っていた。

「滝坂さんがですか」

「蝶野さんのお蔭でドライアイス連続殺人事件は解決しましたからね。その代わり蝶野さんも同席してください。取調室一つ押さえておきましたから」

「いやあたしは青葉管理官に呼びだしも食らってて……」

「そんなのあとで大丈夫です」

「多分大目玉……」

「今だってあとだって大目玉は変わりませんよ」

かなり強引に、取調室に入れられる。誰が取り調べを受ける側かわかったもんじゃない。仕方なく記録係に徹することにしてノートパソコンを開いた。が。

「なにか言いたいことはありますか」

滝坂からハルへのそんな言葉で事情聴取ははじまった。普通、名前や住所を確認するものじゃないか。いくらあたしの知りあいだと言っても端折《はしょ》りすぎだ。

口を出そうとしたら滝坂に睨まれた。ドライアイス連続殺人事件が解決したと言っても、やっぱり担当でない大岸班を手伝わされてご立腹なんだろうか。そっちの事件も関係していたのに。

でもハルは滝坂の態度を気にしていないようだった。

「言いたいこと――俺、たしかに未希さんの追っかけをしてたけど、ただ追っかけてたわけじゃないよ」

どういうことだろうと思うのと、どういうことですかと滝坂が訊いたのは同時だった。

「俺は、あの事件の〈発見者〉の一人だったんだ」

「あの事件というのは」

「十七年前の、町岡遥希くんの事件。遥希くんを冷蔵庫から発見したのは俺たちだったんだ」

キーボードを打つ手が止まった。

「待って。遥希を冷蔵庫から見つけたのは、中学生のグループだったはず」

「それとも一人、そのグループの一人の従兄弟だった子供がいたよね」

「それがハル、あんただったの」

「そう。黙っててごめん。本当は病院で言おうとしたんだけど」

「十七年前――遥希を見たの」

ハルは頷いた。

「俺はあのときの、冷蔵庫から転がり出てきた遥希くんの姿を今でも覚えてる。小さな手からあの懐中時計が落ちて蓋が開いたんだ。忘れられないよ。あそこにいたみんな、遥希くんのことを覚えてる。みんな口には出せないし、トラウマというか……心のどこかを引っかかれたような傷になってるけど、ちゃんと覚えてるよ」

「ハル……みかみセレモニーでバイトをはじめたのは偶然だったの？」

ハルは首を振った。

「いくつになっても遥希くんのことは忘れられなかった。中学生くらいになると図書館であの事件の新聞や雑誌の記事を片っ端から読むようになった。気になって、何度も現場にも行ってみた。もうあの廃工場はなくなってたけど。そうしたら、ある日どこかで見たようなおじさんがいたんだ。誰だか気になってあとをつけたら葬儀社の人だった」

「まさか三上？」

「うん。当時のニュース映像の隅に映ってたんだ。なんとなく愛嬌のある顔だったから覚えてた。それで今回、葬儀社を調べて、みかみセレモニーにバイトで入ったんだ。結局、遥希くんの事件のことはなにも摑めなかったけど」

「待って。あたしが遥希の母親だっていつ気づいたのよ」

「遥希くんの両親が警察官だってことも記事で知ってた。喫茶店で隼人さんを紹介されたときに、町岡って苗字《みょうじ》で気がついたんだ。あのとき未希さんが俺に、遥希くんの事件のことを教えてくれたし」

はあ、と滝坂が大きな溜息をついた。あたしが視線を戻すと、滝坂がふたたび口を開く。ちらりとあたしを見て。

「まだ訊いてなかったけど、あなたの本名は」

なぜかハルもあたしを見る。

「……滝坂陽人、です」

え。

「陽人、この馬鹿！」

驚いたあたしの横で、滝坂有砂の平手がハルの頰に飛んだ。あたしは二発目の用意をした滝坂の腕をあわてて摑む。

「ちょっと待って。あたしの知ってる苗字と違う！　滝坂さん。ハルってまさか」

「うちの馬鹿息子ですよ。事件の周りをうろちょろしててまったくなにやってんだか」

あたしは茫然とハルを見つめた。

「ハル、これがアナログなお母さん……」

「アナログですみませんね」

渋い顔の滝坂の前で頰を押さえていたハルが、嘘ついててごめんねとこちらに笑顔を見せた。それから。

「母さん。母さんには反対されてたけど、俺やっぱり警察官になりたい。母さんや未希さんみたいな刑事になりたい。少しでも誰かの助けになりたいし、糸が切れそうな人を助けたい」

「陽人、あんたは――」

「危険だってのもわかる。母さんが俺を心配してるのもわかる。でもごめん。俺、採用試験受けるよ。受けさせてください」

滝坂はまた声に出して溜息をつく。

「もう勝手にすれば。蝶野さん、この馬鹿息子が本当に警察官になったら面倒見てやってくださいよ」

「いやでもあたしは……多分どこかの署に飛ばされる」

「規律違反もしてるし身内から犯罪者を出したとあっては、まあ少なくとも大宮署にはいられないでしょうね」

「ですよね……」

「わたしね、常々思ってたんですよ。能力があるのに昇任試験を受けないとか何様だって。だから女の地位が低く見られるんだって。でも最近の蝶野さんを見ていて少し考えが変わりました。世の中は適材適所が一番なんですよね」

あたしの話か？

「宇月さんとか、町岡さんとか大岸さんとか、そんな男連中よりもわたしとバディを組んでほしかったんですけどね。熟女同士で」

「なんの話ですか」

「だから本当はうちの班に引っぱらせてもらうつもりだったんですよ。次の人事で。大岸さんが猛反対したと思いますけど、そこはどっちが勝つか結果を見せたかったですね。蝶野さんがどこか飛ばされるなら、わたしも異動願を出そうかしら」

溜息を繰りかえしながら言う滝坂の本心はわからない。でもここで下手なお世辞を言っても、滝坂にはなんのメリットもないはずだ。

あたしは天を仰いでから、ハルに向きなおった。

「少なくとも今回、あたしはあんたがいて救われたことがある。ありがとう」

一度目をぱちくりさせたハルは、すぐにっこりと笑う。

「それならよかった」

「言っとくけどあたし、あと九年で定年だからね。刑事になりたいなら早くなってよ。それと多分あたし転勤してるから、どこの署にいるかは自分で探してね」

オッケーとハルは言う。

「そうだ。未希さんから預かってたこれ、返すよ」

ハルがリュックから取りだした辞表を受けとる前に、横から滝坂が取りあげた。しばらくそれを見つめてまた大きな溜息をつき、両手でびりっと破る。

「ちょっと滝坂さん！」

「定年までいる気ならこんなもの不要ですよね」

「それはたしかに……そうだけど」

語尾が尻すぼみになる。

刑事なんて楽な仕事じゃない。外も内もきつくて日本一ブラックな職業だと思う。

それでも。

できるなら、この先も。

◆

ハルの正体に隼人は思わず笑ってしまった。

面会室でアクリル板を挟んだ向こう側にいる未希が少し膨れる。

「笑わないでよ。本当にびっくりしたんだから」

「偽名で刑事を騙すなんて、いい神経してるじゃないか」

「たしかにね」

結構本気で刑事に向いているのかもしれない。

それにしても。

「まさかの、あのときの発見者か……」

「そうなの」

「小さい子が死体を見つけるなんて、衝撃的だったと思うけどな」

「うん。でも最後に見つけてくれてありがとうって言ったら、どういたしましてって笑ってくれたの。それで少し救われた」

「……それならよかった。宇月のほうは大丈夫なのか」

気にかかっていたことを訊いた。未希の表情から笑顔が抜けおちる。

「なにも聞いてない。完全に蚊帳の外。知る必要もない」

感情の籠もらない言葉を黙って聞く。

「本来ならあたしも行き先が決まるまで謹慎処分になるところだけど、今は三上に絡んだ関係者の女性のケアを手伝ってる。女性刑事の手が足りないの」

「そうか。そういうのも未希には向いてるな」

反論されるかと思ったが、未希の表情に微笑が戻った。

昔とは違う、いい方向に力の抜けた未希がいた。

「……赤いアネモネの花言葉を知ってるか」

「きみを愛す、でしょ」

即答すぎて隼人は苦笑してしまった。

「全部ばれてたんだな。俺の気持も」

「隼人の気持なんてわかんないよ。だからあたし、気の迷いで遥希のお墓開けたりしたんじゃない」

「力があるのも考えものだ」

「うるさいな。お墓は元どおりにしておいたから」

「ああ」

「あたしの時計も修理から返ってきた」

未希はポケットから自分の懐中時計を取りだした。

「未希。ずっと隠してて悪かった。遥希のこと、蜂屋のこと」

「……隼人もずっと苦しんでたのはわかる。あたしも同じ場所にいたら、蜂屋をどうにかしてしまったかもしれない」

「蜂屋の家族にも悪かったと思っている」

彼らに許されるとは思わない。とどめを刺したのが宇月でも、蜂屋を殺したのはやはり自分だと思うから。

だが隼人はやはり、窪哲志も蜂屋亮も許せない。たとえ小学生でも、たとえいたずらだったとしても、彼らは遥希を殺したのだ。

「あたしたち……窪も蜂屋も許さなくていいんじゃないかな。許さなくていいよね」

隼人がアクリル板に手をかざすと、反対側から未希が手を重ねた。

たしかに未希の熱が伝わってくる。

許したくない。許さなくていい。隼人も、未希も。

隼人はゆっくりと手を外した。膝の上に置く。

「迷惑かけてすまない。それから母のことも」

隼人は頭を下げる。実家へも未希が説明してくれたらしい。

「これが仕事だから。それに、あたしは隼人の妻だから」

「離婚届は」

「まだ出してない」

「それでいいのか」

未希は軽く首を傾げた。

「わかんない。粘るけど、別れなきゃ駄目って上に言われるかもしれない。離婚届を出すか警察を辞めるかって二択で言われたら出すつもりだけど」

仕方がない。隼人の自業自得だ。

「昔、宇月の父に言われたことがある。人を殴って気持よくなればいいが、そうじゃないならやめておけって」

「……蜂屋を殴って、気持よかったわけないよね」

「ああ——あの一発をあとでどれだけ悔やんだか。宇月の父親の言葉を守ればよかったってどれだけ思ったか。あのあと俺は、誰も殴ってない。現行犯で誰を捕まえたときでも、一度も殴ってない。これからも二度と誰も殴らない」

「あたしも……このあいだ殴ってごめんね」

隼人は頬に貼られた絆創膏《ばんそうこう》に触れた。

「いや、宇月を油断させるにはあれが一番だった。それに未希には一度くらい殴られないとな」

「もう二度と殴らないよ、誰のことも」

「それがいい」

「たとえ警察官でも、交番のお巡りさんに戻っても。本当は刑事がよかったんだけどな」

「俺も本当は刑事でいたかった」

「うん」

「ずっと、警察官でいたかった」

「……あたしも隼人と一緒に警察官でありたかった」

視線を交わす。隼人は目を細めた。

「ずっとそばにいたかった。今までもこれからも」

伝えたい気持は口に出さなければ駄目だと昔言われたことがある。隼人は今までどれほどの言葉を呑みこんできただろう。

「未希。今度の引越し先では冷蔵庫を買ったほうがいいな。温かい飲み物も飲んだほうがいい。まだ当分死なれたら困る」

「そうだね。願かけも叶《かな》ったし食材廃棄も馬鹿にならないから冷蔵庫、買おうと思う。それから、アネモネをいつも仕入れてる花屋を教えてほしいんだけど」

「俺だけの秘密だったんだけどな」

「二人の秘密にしよう。ね」

未希が笑う。

昔から、この笑顔が好きだった。昔より小皺が増えたと言ったら怒るだろうか。それでも好きな気持は変わらない。ずっと家族でいたかった。いまさらだが。

遥希はいなくなったが、未希のそばにいることはできるのか。たとえ戸籍上は別れても。

警察官じゃなくなっても。
時計の動く限り。
時計の針が止まっても。
ずっと。
隼人は永遠を祈りたかった。

エピローグ

雪がまた降ってきた。

休憩室の窓から白く染まる町を眺めていると電話が鳴った。私物のスマホだ。

「お姉ちゃん、ニュース見たけど大丈夫なの」

妹の甲高い声が聞こえてきて、一瞬電話から耳を離した。

「逮捕されたの隼人さんでしょ。あれ、遥希くん絡みの事件なんだよね。もうお母さんも心配しちゃって」

「大丈夫。隼人は殺人未遂で逮捕されたけど、あたしは待つから」

一瞬電話の向こうは絶句した。

「え。でもお姉ちゃん。隼人さんと別居してたんだよね。別れるんじゃないの」

「できるだけ別れないほうに持っていくつもり。まああの官舎は引きはらうけど」

「そうなんだ……」なにかまた文句が出てくるかと身構えていると。「なんか力になれることがあったら言って。力仕事とか必要なら、うちの旦那連れてくし」

妹の痩せた夫を思いだす。

「あたしのほうが力あると思うなあ」

「もう、これでも心配してるんだからね」

「わかってる。ありがとう。次の非番の日には川越に顔出すから」

「うん、待ってるよ」

あたしは電話を切った。自販機で冷たいコーヒーのボタンを押そうとして、ふと我に返り、温かいコーヒーを買う。刑事部屋に戻って妙に殺風景になった自席で一息ついた。

今度の非番の日は忙しそうだ。川越に行って、それから冷蔵庫も買いに行かないと。そうだ、羽毛布団も買ってしまおう。減給されたのに出費がかさむ。

それとも引越し先で買ったほうが楽なのか。新都心のヨドバシカメラで買って、引越し先に届けてもらえばいいのか。そんなことを考えていると。

「すっきりした顔してるな」

近づいてきた大岸が言った。

「大岸さんは荷造り終わったんですか」

「ほとんど終わったよ」

「すみません」

「なんでおまえが謝るんだ。しかも何度目だ」

大岸の机の上にも段ボールが積んである。あたしの荷物は一足先に送ってしまったけど、大岸の転勤先は近場なので車で運ぶらしい。

「とりあえず、刑事でいられるらしいな」

「そうみたいです。最初は隼人と離婚するのが刑事を続けられる条件だって言われたんですけど、周りがいろいろ頑張ってくださって異動だけで済みました。ありがとうございます」

「ま、滝坂やうちの課長や署長にも礼を言え。ドライアイス連続殺人事件を解決した報奨代わりでもあるし、あとまあ今回は県警にも宇月って犯罪者を出した負い目があるからな。相殺されたと思っておけばいい」

「ですね」

あたしと大岸は異動になったが、曽根はなんとか大宮署刑事課に残ることができたらしい。本当に悪いことをしたと思っていたので上に働きかけたのが伝わったのか、きのうなんとお茶を淹れてくれた。仏頂面だったがこれは進歩だ。

「蝶野。刑事でいいのか」

頷く。辞表は滝坂に破られた。

ハルがいつかあたしを追ってくる。

もっと辛いことが起きるかもしれない。また誰かを亡くすかもしれない。いくつもの想いに押しつぶされるかもしれない。

けれどどこの手を必要とする人たちがいる。園田ゆかりのように。堺花音のように。園田も堺も糸が切れた。でも切れたあとでも助けることはできる。全部に間に合うことができなくても、ほんのわずかでも手伝うことができる。

そんなふうに、誰にも助けてもらえなかった人たちを助けるあたしでいられたらいい。許せないものがあってもいい。全部を許す必要なんてない。憎んでいても怒っていてもいい。

こんなあたしは、それでも刑事でありつづける。

どんなに寒くても凍えても冷たくても、警察官でありつづける。

走りつづける。

第二十七回　日本ミステリー文学大賞新人賞・選考経過

日本ミステリー文学大賞新人賞は、二十一世紀に活躍する新鮮な魅力と野心に満ちた才能を求めて、広義のミステリー小説を公募、優秀作品を選出するために、一九九六年に創設された賞である。

第二十七回の募集は、二〇二三年五月十日に締め切られ、応募作品は総数百八十八編に達した。

一次予選通過作品二十一編を、予選委員（円堂都司昭、佳多山大地、杉江松恋、千街晶之、西上心太、細谷正充、吉田伸子の七氏）により選考、左記の四編が最終候補作として決定した。

「揺れる三つ葉」　伊藤信吾
「無邪気な犯罪者～象牙の塔の人々」　柏村 純
「警察官の君へ」　斎堂琴湖
「思い出爆破計画」　村井なお

二〇二三年十月二十五日、月村了衛、辻村深月、湊 かなえ、薬丸 岳の四氏選考委員による選考会において、この四編について討議を重ねた結果、斎堂琴湖「警察官の君へ」が第二十七回日本ミステリー文学大賞新人賞受賞作として選出された。

光文文化財団

※本書は受賞作を改題、加筆修正したものです。

この作品はフィクションであり、実在の人物・団体・事件とは一切関係ありません。

斎堂琴湖（さいどう・ことこ）
1968年、埼玉県生まれ。所沢市在住。会社員。「警察官の君へ」で第27回日本ミステリー文学大賞新人賞を受賞。刊行にあたって『燃える氷華』と改題した。

燃《も》える氷華《ひようか》

2024年３月30日　初版１刷発行

著　者　斎堂琴湖《さいどうことこ》
発行者　三宅貴久
発行所　株式会社 光文社
〒112-8011　東京都文京区音羽1-16-6
電話　編　集　部　03-5395-8254
書籍販売部　03-5395-8116
業　務　部　03-5395-8125
URL　光　文　社　https://www.kobunsha.com/

組　版　萩原印刷
印刷所　萩原印刷
製本所　ナショナル製本

落丁・乱丁本は業務部へご連絡くだされば、お取り替えいたします。

ISBN978-4-334-10256-2

第28回
作品募集

新しい魅力と野心に
溢れた才能を求めます。

日本ミステリー文学大賞
新人賞

正賞 シエラザード像　副賞 500万円

2024年5月10日締切［当日消印有効］

選考委員

月村了衛/辻村深月
湊かなえ/薬丸 岳

募集要項

種目●広義のミステリーで、日本語で書かれた自作未発表の小説。
枚数●400字詰原稿用紙換算で350枚から600枚まで（1行30字×40行プリントの場合約120枚から200枚まで）。
発表●2024年10月下旬（予定）の選考終了後、発表。光文文化財団サイト（11月）および「小説宝石」2025年1月号（2024年12月発売）誌上に結果・選評を掲載。
賞　●正賞・シエラザード像　副賞・500万円
宛先●〒112-8011
　東京都文京区音羽1-16-6
　光文文化財団文学賞係

＊表紙に、題名、原稿枚数、氏名（筆名の場合は本名も）、年齢、職業、郵便番号、住所、電話番号、メールアドレス、今回の作品を含む他社の新人賞への主な応募歴を明記。1200字以内の梗概を添えてください。原稿は折らずにクリップでとめ（糊付け、ホチキスは不可）、通しナンバーを振ってください。
＊応募原稿は、1行30字×40行で作成。A4判のマス目のない紙に縦書きでプリントし、表紙・梗概・小説本文すべてのデータをUSBメモリーもしくはCDに入れて同封してください。自筆原稿での応募は受け付けていません。
＊応募原稿は返却いたしません。また、選考に関するお問い合わせには応じられません。
＊他の賞に同時応募する等、二重投稿は失格とします。
＊受賞作は光文社より刊行されます。
＊受賞作の著作権は本人に帰属します。
＊受賞作の複製権（出版権を含む）、公衆送信権および映像化、コミック化、舞台化等の二次利用の権利は光文社に帰属します。
＊ご応募いただいた書類等個人情報に関しては、選考資料・入選発表および入選者への通知にのみ使用させていただきます。
＊詳しくは下記サイトにてご確認ください。
＊2024年3月より下記サイトにてWebでの応募原稿の受け付けを始める予定です。

主催／光文文化財団　tel. 03-5319-3180　https://kobun.or.jp/